A MÁQUINA DO TEMPO

Um mil novecentos e noventa e seis foi o ano em que nasci. Fui uma criança normal, como a maioria das outras crianças; um pouco mais esperta, talvez ...

Passa o tempo...

Estamos no ano de dois mil e cinco, meu nome é João Antônio Silveira, o mesmo nome de meu avô, que, aliás, nunca conheci.

Desapareceu do hospital no mesmo dia em que nasci. Tenho nove anos. Meu pai, minha mãe e eu, moramos numa grande casa, com muitos quartos e salas, e um porão enorme, para mim assustador e misterioso. Meu pai proibiu-me de lá entrar. É fechado com uma corrente que passa por dois furos, um em cada aba da porta e um cadeado. Minha curiosidade e medo eram enormes.

Vivíamos bem, nosso avô nos deixou razoavelmente ricos. Gosto muito de estudar física, ciências e computação. Sou pequeno mas gosto muito destas coisas.

Passa o tempo... Anos... 2015.

Estou com 19 anos. Faço faculdade de informática. Gosto ainda de física e ciências, sou autodidata e a internet me ajuda muito.

Meu pai e minha mãe saíram em uma viagem; estou por minha conta e risco. Pesquisei toda casa. Revirei tudo sozinho.

No fundo de uma gaveta de uma velha cômoda, no quarto de meus pais achei a chave do cadeado do porão. A Maria (auxiliar de minha mãe nos afazeres da casa, desde que me conheço por gente), só trabalha na parte da manhã. Já passam de três horas da tarde; estou sozinho. Abri a porta e entrei. Tudo escuro. Com meu telefone celular iluminei um pouco. Visualizei um comutador de luz e uma escada que descia. Acendi a luz e desci a escada. Uns bancos, cadeiras e uma mesa de madeira. Uma poltrona coberta com um pano aparentemente branco, cheio de pó.

No centro do porão uma enorme campânula empoeirada não permitia enxergar direito o que havia dentro.

Subi a escada e trouxe uma lanterna.

Puxei uma cadeira para perto da campânula e com um pedaço de pano limpei um pouco. A lanterna fez o seu trabalho. Dentro da campânula uma estranha máquina, eu nunca tinha visto nada igual. Que diabos seria aquilo?

Afastei a cadeira e encostei-me à parede para observar o ambiente. Acima de minha cadeira uma fotografia de meu avô. Apesar de mais velho do que eu, era muito parecido comigo.

Volto minha atenção para a campânula.

Ela estava sobre umas tábuas que se apoiavam em estrados de madeira. Fiquei de cócoras e examinei por baixo. A tábua central era mais larga e havia uma portinhola fechada por um trinco. Abri o trinco e a porta se abriu. Fico de pé e com a metade do corpo dentro da campânula, examino seu interior. Como é possível uma máquina tão antiga ter uma aparência tão moderna? Moderna demais até para nosso tempo. Examino ao redor. Um pequeno livro com uma capa de couro. Abro o livro. Na primeira página como título escrito: máquina do tempo. MÁQUINA DO TEMPO? Boquiaberto passo a examinar o que estava escrito. Logo na primeira página uma folha solta escrita à mão: "na primeira viagem que fiz queimou um componente sem o qual a máquina não funciona. A tecnologia atual não tem condições de fabricar os circuitos queimados. Espero viver o tempo suficiente até que tecnologia avance, e eu consiga fazer uma nova viagem no tempo, mesmo estando bem mais velho. Eu não vou desistir."

Observando todo ambiente noto uma gaveta com circuitos parecidos como de um computador, puxada para fora de seu nicho, olhei os circuitos dentro da gaveta, e podia-se notar claramente que estavam queimados. As outras gavetas, com um olhar superficial, parecem normais, mais tarde vou dedicar mais tempo a elas.

Pego o livro novamente. O melhor lugar para o ler é dentro da campânula, pois posso comparar o que está escrito com o que podia ver. Se eu estou interessado, tenho de estar familiarizado com tudo aquilo.

As horas passam. Li o livro de cabo a rabo. As coisas não eram tão complicadas assim, quem sabe trabalhar com um computador não vai ter dificuldade em fazer esta máquina funcionar. O problema todo é aquela gaveta com os circuitos queimados.

Estou um pouco cansado depois de horas de emoções. Vou subir me distrair e deitar. Amanhã continuo minhas pesquisas.

Acordo depois de uma noite mal dormida, cheia de sonhos e pesadelos. Na cozinha encontro a mesa posta para o café da manhã. A Maria, nossa empregada, deve estar rodando pela casa fazendo alguma coisa. Ela deixa, também, a mesa posta para o almoço e guarda o jantar na geladeira; ao redor de meio dia, uma hora ela vai embora para sua casa. Quase nunca a encontro porque vou para a faculdade de manhã e quando regresso, ela já se foi. Hoje é sábado, não vou a faculdade.

Abro o porão, desço a escada e troco a lâmpada, colocando uma mais forte. Caminho até o estrado, me abaixo e entro na campânula. Com uma lanterna bem mais poderosa que a de ontem, ilumino tudo. Existia um pequeno painel de controle com uma cadeira estofada a sua frente. Sento-me na cadeira e abro o livro na página que explicava o painel.

Estudo o painel por uma hora, até memorizar tudo. Abaixo dos mostradores uma portinhola fechava o que parecia ser uma gaveta porta objetos. Sem muito esforço abro a tampa que era mantida fechada por molas. Um pequeno embrulho de papel pardo, lá estava. Quase o deixo cair, pois para o seu pequeno tamanho era muito pesado. Que seria aquilo? Desembrulho o pacote e pego nas mãos quatro pequenas barras amarelas. Muito pesadas e amarelas só podiam ser uma coisa: OURO. Reparei no papel pardo, um escrito "Fundos para quando chegar ao destino de minha viagem, se necessário". Então era mesmo ouro! Uma pequena fortuna ali estava. Refiz o embrulho e guardei novamente na gaveta porta objetos.

Volto minha atenção, novamente a gaveta de circuitos queimados, ainda sentado na cadeira estico o braço e retiro a gaveta. Com meu celular, tiro fotografias em todos os ângulos possíveis. Guardo novamente a gaveta no seu nicho. Vou baixar as fotos para meu computador para melhor visualiza-las e vou estudá-las minuciosamente.

Levanto-me, saio da campânula, subo a escada, apago as luzes, fecho a porta do porão com o cadeado e guardo a chave no lugar em que ela estava originalmente. Vou mandar fazer uma cópia para entrar quando quiser e sem que ninguém fique sabendo.

Regressarei ao porão todas às vezes possíveis, sem chamar atenção. Quero ficar familiarizado com a máquina. Quero estudá-la a fundo, decorar, destrinchar seu manual, porque se, porventura, algum dia conseguir consertar o componente em pane, poderei, se tiver coragem, empreender uma viagem no tempo; se ela realmente funcionar. Precisarei pesquisar as publicações mais modernas a procura dos circuitos queimados.

Passam-se dias, semanas sem que algum fato novo aconteça, vasculho todas as revistas científicas em que consigo pôr a mão, mesmo antigas, que encontrei no porão, ao lado da poltrona. Era uma pilha bem grande. Parece que meu avô era adepto da leitura destas revistas. Acho que ele estava à procura dos circuitos para consertar a máquina.

A faculdade toma muito de meu tempo. Estudo bastante não quero ficar em dependência em nenhuma matéria. Na internet procuro novidades que me interessem. Alguns circuitos, até meio parecidos com os da máquina. Não vou me arriscar. Têm que ser exatamente iguais.

Dois anos já se passaram desde que entrei no porão pela primeira vez. Acho que encontrei.

Sei razoavelmente inglês, tenho vinte e um anos, passaporte válido com visto de entrada para os Estados Unidos. Posso viajar quando quiser, meus pais confiam em mim e não se opõem. Vou para New York. Digo-lhes que vou a passeio e para melhorar um meu inglês. Eles concordam. Marco a passagem para minhas pequenas férias de julho.

Após um pouco mais de oito horas de vôo chego ao aeroporto JFK. Pego um taxi para o hotel com as reservas já feitas. O mesmo fica na rua 46, próximo a Central Station. É um ótimo lugar para se hospedar, perto de tudo que possa me interessar, andando a pé, e quase junto ao metrô. Vou ter de gastar as solas dos sapatos.

Julho, pleno verão nova-iorquino com bastante calor; pelo menos não estamos no inverno de janeiro, cheio de neve e o vento soprando forte nas ruas, entre os edifícios, com uma sensação térmica de até vinte graus centígrados abaixo de zero, um terror para qualquer habitante deste morno Brasil.

Antes de qualquer passeio ou diversão vou atrás de meu objetivo principal, que são os circuitos para a máquina. Pego as fotos tiradas para conferir in loco, se são iguais. Caminho até a quinta avenida, para me distrair um pouco, pego um táxi e peço para me deixar nas proximidades do Empire States Building. Desço do carro quase em frente à loja. Entrei e dei uma olhada geral. Ela era enorme. Fui à procura de um vendedor, que me atendeu muito bem, perguntando o que desejava, mostro-lhe a foto dos circuitos queimados da máquina. Ele pega a foto na mão e examina por um minuto ou mais. O vendedor pareceu-me bastante perplexo e perguntou-me como é que uma coisa que tinha sido posta à venda a no máximo três meses estava em uma foto, já queimada e com aparência de ser a bastante tempo? Dou tratos à bola e invento uma pequena estória: tinha eu comprado o equipamento em Los Angeles e tentado montar um computador, mas por mau uso, de minha parte ele tinha se danificado daquela forma. Ele não me pareceu muito convencido mas disse para que tomasse mais cuidado nas minhas invenções pois o meu prejuízo era de quatro mil duzentos e setenta dólares. Comprei os circuitos e arrumadinhos dentro de uma pequena caixa coloquei em uma mochilinha às minhas costas.

Voltei a pé para o hotel, era bem longe, mas gosto de caminhar a pé e ainda mais olhando esta vibrante e ensolarada cidade de Nova Iorque.

Chego ao hotel cansado, mas feliz com a minha mochila. Pego o elevador para o quarto, tomo um bom banho e deito na cama para relaxar um pouco.

Estou voando de volta para casa. A suavidade do vôo dava a impressão de o avião estar parado no ar, mas na verdade estávamos a mais de novecentos quilômetros por hora. O ronronar quase inaudível dos motores na penumbra da cabine de passageiros deixava a todos sossegados, a maioria dormindo.

Recostado na poltrona ao lado de uma janela, rememoro os cinco dias que passei em Nova Iorque onde fiz um belo passeio pelo Central Park observando os nova-iorquinos parecendo uma revoada de pássaros na sua alegria com o lindo verão que fazia, correndo, andando, ou simplesmente deitados na grama davam vazão aos seus anseios de liberdade e lugares verdes.

Fui a restaurantes, museus, lojas, muitas lojas, mais para olhar do que fazer compras, eu era da família Miranda; mira e anda mira e anda.

Pela primeira vez fui a um restaurante brasileiro; quando ia aos Estados Unidos com meu pai, ele se negava a ir "restaurante brasileiro, nós vamos no Brasil" dizia ele. O interessante é que o dono do restaurante brasileiro ao qual fui era um português.

Para tomar o café da manhã, era sempre na mesma Cafeteria. La trabalhava uma brasileira, linda de morrer, formada em advocacia e que tinha ido á Nova Iorque para trabalhar numa cafeteria, por absoluta falta de oportunidades no Brasil.

Começo a pensar o que maus dirigentes, ladrões em escalas astronômicas do dinheiro público, em associação com empresários tão podres quanto eles, podem fazer com um país que tinha todas as condições de se transformar na terceira economia da terra, e agora seus filhos têm que sair do Brasil a procura de trabalhos que mal os vão sustentar. É o fim da picada. Chega de pensamentos sombrios e nauseantes como este. Penso em minha mala no porão da aeronave levando meus preciosos circuitos, novinhos em folha, prontos a serem usados.

Uma pequena turbulência desassossegou os passageiros quando passávamos sobre Roraima e adentrávamos este gigante, que é o Brasil.

Tínhamos ainda, horas de vôo antes da chegada. Consegui dormitar um pouco. Não quis o café da manhã.

O pouso em Guarulhos foi ótimo. Dizem os pilotos que um pouso ruim é quando o avião se quebra e não pode mais decolar, é pouso bom quando se quebra e com um pequeno conserto, decola novamente e é um ótimo pouso quando o avião segue faceiro para o "finger", desembarcando os passageiros e pronto para uma nova decolagem.

A alfandega assusta a todos os passageiros internacionais. Eu estava também um pouco apreensivo, afinal o futuro da máquina estava ali dentro de minha mala.

O fiscal pediu para abrir a mala, viu a pequena mochila, pediu-me para mostrar o que havia dentro, olhando seu conteúdo e sem encostar as mãos na pequena caixa, perguntou-me o que era aquilo. Não menti, disse-lhe que eram uns circuitos para consertar minha máquina do tempo, Ele deu uma risadinha achando que era brincadeira de minha parte, falou para fechar a mala e estava livre para sair. Adeus assustadora alfândega.

Pego um taxi para a rodoviária, vou de ônibus para minha cidade.

A nossa casa fica no final de uma rua e ocupa um quarteirão inteiro, antigamente ficava afastada da cidade e hoje com o crescimento da mesma fomos parar em seus arrabaldes.

Encontrei meus pais sentados à mesa para almoço. Felizes me deram um forte abraço perguntando sobre a viagem, se tinha corrido tudo direitinho, se tinha exagerado nas compras, e outras perguntas mais a um filho, a que eles deram a liberdade de fazer uma grande viagem, pela primeira vez, lavei as mãos e juntei-me a eles para o almoço. Nada melhor que uma comidinha caseira, depois de dias de restaurante. A Maria é uma ótima cozinheira, já estava com saudade. Contei a meu pai sobre a compra dos circuitos eletrônicos, disse-lhe que era para a montagem de um computador. Ele não fez perguntas a respeito. Ótimo. Vou relaxar um pouco e depois entrar na banheira, para um banho morno sem tamanho.

As minhas férias estavam quase no fim, mas ainda tinha um pouco de tempo para dedicar à máquina. Vou ao porão sempre na parte da tarde, porque a Maria já foi para sua casa e meus pais saem por algum motivo ou outro.

Abro o cadeado do porão com a minha chave, abro a porta, ligo a luz, fecho a porta para disfarçar e desço a escada.

Aqui em baixo tudo continua na mesma, apenas as marcas

deixadas por mim.

Entro na máquina e a examino minuciosamente, ela está exatamente como deixei. Meu pai, realmente, nunca vem aqui.

Retiro a gaveta com os circuitos queimados e coloco dentro de uma sacola, vou leva-la para o meu quarto para trabalhar com ela. Com a sacola debaixo do braço subo a escada, apago a luz, saio, fecho a porta e passo o cadeado. Meu quarto é logo ali.

A gaveta está agora sobre a minha mesa, mesmo se alguém a notar irá pensar ser algum trabalho que estou fazendo. Fico tranquilo a respeito.

Esta tarde e noite vai ser toda para descanso. Após quase dez dias de viagens noturnas, passeios e andanças, tenho que me colocar em forma relaxado e estirado na minha fofa caminha. Amanhã penso no que vou fazer.

Ao amanhecer, acordo após uma noite sem sonhos. Chego à copa, meus pais já tinham tomado seu café. A mesa estava posta só para mim, sou muito mimado pela Maria, talvez porque ela cuide de mim desde que nasci. Eu a amo e tenho todo respeito por ela.

Volto ao meu quarto após ter visto o noticiário da manhã. Assombro-me com a maioria dos políticos e alguns empresários que com a maior sem-cerimônia se apossam do dinheiro dos contribuintes e das estatais. É a usurpação total dos sacrifícios feitos por todos os brasileiros, que anseiam ver seu país progredindo e dando emprego para todos os seus filhos.

Sentado à mesa em frente ao meu computador, ergo os olhos e admiro a cruz de madeira pendurada na parede, ela parece dar-me proteção contra todos os males. Baixo os olhos, pego a gaveta com os circuitos queimados e observo tudo com bastante atenção, tenho que os remover sem danificar os encaixes. É uma tarefa que vou fazer com bastante cuidado. São quatro circuitos, cada um com seu encaixe. Tiro o primeiro e examino a procura de algum problema na adaptação dos mesmos. Nada, ótimo. Limpo com uma escovinha super macia, e passo para o segundo circuito, retirando-o e examinando a procura de algum estrago. Nada. Uso a escovinha novamente. Os dois circuitos restantes são retirados com mesmo cuidado e a escovinha fez o seu trabalho em ambos. Todos os encaixes, portanto, funcionando perfeitamente.

Retirei o teclado do computador para o lado, e deixei mais espaço para colocar a gaveta limpa à minha frente e um pouco além os circuitos novos, e com um deles em minhas mãos para encaixa-lo na última fileira da gaveta. Não foi muito difícil e nem tive de forçar muito, coloquei o outro na fileira seguinte e o outro, e outro. A gaveta estava pronta para a máquina. Tenho que levá-la para o porão, mas não agora, há de ser quando estiver absolutamente só sem perigo de nenhuma interrupção e sem assustar a ninguém pelas minhas traquinagens. O bom de uma casa grande como a nossa é que se quisermos podemos viver quase isolados nos dedicando a escrever, a estudos, ao computador e o que mais for de nosso interesse.

Outro dia, já na parte da tarde, só eu e Deus por aqui. Tomara que meu anjo da guarda esteja às minhas costas também e não me deixe fazer besteiras. Pego a gaveta e desço para o porão, ligo a luz e vou para a máquina, me abaixo e entro, coloco a gaveta em seu nicho. Sem energia e sem ligar nenhum controle não há problema algum.

Sentado na cadeira dentro da máquina a examino minuciosamente. Meu Deus, a quanto tempo estaria ela aqui? Décadas com certeza, só meu avô, se fosse vivo, poderia dize-lo.

O porão é um lugar seco e tem uma temperatura agradável e mais ou menos constante, mas uma fina camada de poeira deve ter coberto todos os circuitos nas suas gavetas, durante todos esses anos de exposição. Vou ter de limpa-los um a um, retirando suas gavetas e levando-as ao meu quarto. Uma a uma, para não chamar atenção. Elas são num total de doze, a primeira, que é a dos circuitos novos, já está pronta. Faltam onze, portanto. Se limpar uma por dia, a demora será de quase duas semanas, além disso tenho minha faculdade por terminar, Preciso dar a alegria de uma formatura aos meus pais, e como é o último semestre vou me dedicar a fundo.

Passam dias e semanas com a faculdade tomando quase todo o meu tempo. Limpo os circuitos na medida do possível, pois as vezes não estou só em casa e descer no porão, nem pensar.

Dois meses, ou um pouco mais, após o início da limpeza das gavetas, estou com o serviço terminado. Tenho de me preparar para o próximo passo, que é a fonte de energia. Vou ser obrigado a ler o manual para não fazer algo errado.

Dois dias se passam. Olho os livros da faculdade e do meio deles tiro o manual. Eu o tinha colocado ali para disfarçar sua presença, depois de retira-lo do porão. Leio sobre sua alimentação energética, não era muita coisa, mas o suficiente para me informar a respeito. Além dos circuitos que tinham de ser alimentados havia um sistema de fios, que como uma rede cobria toda a campânula e também todo o suporte sobre o qual ela se assentava. Desço ao porão. Chamo a máquina de campânula, mas na verdade é uma espécie de sino enorme e meio achatado. Chamei o suporte de madeira, mas talvez não seja madeira, mas algum material muito parecido. O mesmo faz parte da máquina, portanto, e quando há uma viagem no tempo todo o conjunto é transportado, de maneira que a campânula fique assentada em seu próprio suporte. Examino o grande sino com atenção e cuidado. De que material seria ele feito? Talvez fosse vidro, ou cristal, ou até um enorme diamante lapidado em forma de sino, por uma civilização ou tecnologia do futuro, ou quem sabe de outro planeta. Se for um diamante, só pode ter vindo de outro lugar, mas não da terra, mas de uma estrela de diamante, que como uma enorme jóia perambula pela galáxia até o final dos tempos. Final dos tempos este que poderá vir se houver um universo trilhões de vezes maior que o nosso, e um habitante apaixonado resolver dar um colar de diamantes para dependurar no delicado pescoço de sua amada, jogando sua peneira em nosso minúsculo universo para fazer o seu garimpo. Lucubrações de minha parte. A pequena mente humana pode pensar o que quiser, para a imaginação não há limites.

Com uma boa lupa procuro pelos fios que envolvem a máquina, não tenho certeza se consegui ver alguma coisa. São muito finos. Deixa pra lá, isto não importa muito, é apenas curiosidade minha o que está escrito no manual tenho de confiar ser a verdade.

Estou ficando cansado, vou para o meu quarto e volto

amanhã, ou quando for possível.

Olha eu aqui, novamente sentado na cadeira da campânula observando todo seu interior com atenção. Espaço vazio para colocar um pequeno gerador a gasolina, havia. A necessidade de energia não era muito grande para seu funcionamento inicial. Tenho certeza de haver um sistema multiplicador desta energia no interior da máquina para faze-la funcionar. Este pequeno gerador seria como uma bateria que da partida no motor de um carro. Preciso compra-lo. Tenho de economizar a mesada que recebo todos os meses e não chamar atenção para sua aquisição.

Passam-se mais ou menos quinze dias para conseguir o dinheiro. Vou até uma enorme loja e compro o gerador, levo-o sorrateiramente para o porão e instalo-o no piso da máquina. A conexão com a mesma será feita quando for fazer a viagem, se tiver coragem. Meu coração salta em meu peito só em pensar nisso. Pego o manual e levo-o comigo, vou fazer o possível para decora-lo todo, não posso negligenciar em nada. Minha vida talvez dependa disso.

Os dias se arrastam para o final do ano. Passei bem em todas as matérias. Haverá a formatura e recebimento de diploma para toda a minha turma, e haverá baile. Não tenho namorada, mas muitas amizades coloridas com as meninas. Amo as mulheres.

Meus pais estão felizes com sorrisos de orelha a orelha, afinal seu filho nunca lhes deu trabalho nos estudos e se formando num assunto bem moderno e atual, e que nunca lhes iria dar algum desgosto. Coitados. Não sabem de nada.

Chega o Natal, festejado por todos os duzentos e dez milhões de brasileiros e também no resto do mundo onde se importam com esta data. A passagem do ano explode em todos os países num festival mundial de fogos artificiais. Beijos, abraços e desejos de felicidade em escala planetária. Assistindo a tudo isto, pela nossa televisão de cinquenta polegadas, sinto um nó dentro do peito. Estou angustiado.

Dia seis de janeiro é o dia D, é o dia escolhido para minha viagem. Sessenta anos exatos no passado. Mil novecentos e cinquenta e oito, dia seis. Estes são os números setados no mostrador de tempo, faltando ainda a hora e os minutos. A escolha desta data não foi alheatória. É um tempo não tão distante e em que a nossa casa já existia e a máquina iria chegar num ótimo lugar: nosso porão. Minha intenção é ficar no passado por pouquíssimo tempo. Dar uma olhada geral e voltar para o tempo presente, cinco minutos após ter saído. Tremo assustado ao pensar que algo possa dar errado.

Dois dias, é o que faltam para o início de minha aventura. Espero que seja a primeira e que muitas outras ocorram após, segunda, terceira e uma infinidade de outras. De qualquer maneira vou festejar estes dois dias o quanto puder. Quero abraçar meus amigos, minhas amigas e meus pais. Se algo der errado quero que eles se lembrem de mim como um cara muito alegre e feliz.

O tempo passa tão rápido que me assusta!

Meu Deus já é manhã do dia seis, dia de reis. Vou para uma jornada, não através do deserto, como os reis magos, mas através do tempo.

Meus pais estão saindo para um almoço na casa de uns amigos e estou ficando só. Terei tempo para ir e voltar de minha aventura sem que eles percebam.

Estou sentado na cadeira, em frente aos controles com todos os painéis mergulhado numa luz suave com o gerador funcionando e conectado ao sistema. Já coloquei a hora e só falta setar os minutos. Respiro fundo, seleciono os minutos e para não ter tempo de me arrepender aperto o grande botão vermelho de partida...Tive a impressão de que não iria acontecer nada, mas, de repente uma explosão e uma luz forte me atingem... Tento sair da campânula o mais rápido possível. Completamente atordoado abro a porta no fundo da máquina e saio. O mundo parece desabar sobre mim, tudo escurece e vou para o chão desmaiado.

Quando acordei achei que tinha morrido e ido para o céu, havia um anjo ao meu lado, ao que parece tentando me socorrer. Ao ver que eu tinha aberto os olhos, levantou-se rápido e ficou me olhando muito assustada, sem saber o que fazer e o que falar. Consigo sentar-me no chão. O mundo girava de uma maneira louca e eu não conseguia organizar meus pensamentos, apenas olhava boquiaberto para aquela figura celestial.

MARIA DO ROZÁRIO

Nascida no final de mil novecentos e trinta e nove viveu sua meninice quando os trovões dos canhões soavam na Europa e na Ásia e em quase todo o mundo. Nos mares fervilhavam navios de guerra e submarinos se enfrentando em épicas batalhas. O Brasil manda seus homens para a luta contra o inimigo comum. Na Itália puderam mostrar sua coragem e valor, foi lindo e horroroso ao mesmo tempo, morreram muitos trucidados por rajadas de metralhadoras e tiros de fuzis, a morte é um dos preços da guerra. Outro preço é a escassez de quase tudo o que pode dar tranquilidade e felicidade. Mesmo longe dos campos de batalha, a guerra mostrava suas garras para toda a América...

Maria do Rozário era muito pequena para notar as dificuldades por que passava o mundo. Notava por vezes certa angústia que pairava no ar quando o rádio ligado em um tom bem alto interrompia sua programação e o Repórter Esso despejava suas notícias num vozerio troante, que reverberava por sua enorme casa. Notava preocupação e às vezes alegria no rosto dos adultos. Esta era sua lembrança dos tempos de guerra. Não tinha a mínima ideia de que vivia num paraíso. Um paraíso que tudo produzia para satisfazer suas poucas necessidades de criança. Havia um enorme pomar para todas as espécies de frutas, uma grande horta para legumes e verduras para todos os habitantes da fazenda, um mangueiro e um chiqueiro para engordar porcos, um canavial para fazer melado, rapadura e açúcar, plantações de milho, arroz e feijão para sustento de toda a fazenda, e é claro uma grande plantação de café, que é de onde seus pais tiravam dinheiro para pagar os trabalhadores e para as necessidades deles próprios. Não tinha farinha de trigo? Não tem importância, fazem broas, bolinhos e bolos de fubá deliciosos. Faltou óleo? Não tem importância, temos latas e latas de vinte litros repletas de banha de porco com carnes mergulhadas dentro e que foram fritas em um grande tacho, dias, semanas ou até meses antes. Leite? Vacas eram ordenhadas todos os dias, Queijo e manteiga eram feitos em casa, potes e mais potes de cerâmica de doce de leite bem cremoso, mais potes de doces de frutas marmeladas e goiabadas, às vezes cascão, uma delícia, comprava-se o sal.   Mil novecentos e quarenta e cinco acaba a guerra; foram foguetes e festas por todo o Brasil e no mundo por todos os parceiros de luta. Maria do Rozário teve quase dois anos mais sendo a princesinha daquele mundo feliz, mas, infelizmente ela completou sete anos e foi internada na escola de freiras para estudar. Não existia escola próxima a fazenda e leva-la todos os dias para a cidade era inexequível. Ela odiou aquele mundo que restringia toda sua liberdade. E como tinham crianças, dezenas delas, centenas delas, algumas tão pequenas e chorosas quanto ela, outras maiores, maiores e maiores ainda numa balburdia infernal até o momento que era imposto o silêncio, o que se ouvia então era o barulho dos pesinhos em filas intermináveis pelos corredores da escola. Acostumada a mimos e carinhos e agora ali, naquele lugar horrível sem poder brincar, ou falar, ou rir quando quisesse, e ainda uma disciplina implacável que a nada permitia, fez com que ela odiasse estar ali. Mas o ser humano se adapta a quase tudo, até estar internada em um colégio com horários e regras para tudo, a andar em filas pelos corredores, andar em filas para o dormitório, ou para o refeitório, ou sala de estudos ou ainda para a capela todas as manhãs, ainda estremunhando de sono e a barriguinha pedindo não orações, mas café com leite bem quentinho e um bom pedaço de pão com manteiga. Felizmente para ela, existiam as tardes de sábado e os domingos.

Eram os dias em que o mundo se abria novamente, para ela, seus pais estavam ali, na sala de espera, para recebe-la, abriam os braços e ela se aninhava entre eles. Depois o carro aos solavancos pela esburacada estrada de terra, até chegar em casa. Era a viagem com que ela sonhava toda a semana. Ela voltava de um lugar estranho para o seu reino, lá era a princesa com todas as atenções dirigidas a ela, mas a felicidade durava pouco mais de um dia. Os anos vão passando numa lentidão exasperante. Ela nunca foi reprovada em ano algum. Já era uma normalista, ia ser professora, estava cursando o magistério. Era uma mocinha com todos seus atributos físicos começando a aparecer. Ela morria de vergonha com suas mudanças. Ficava corada com qualquer observação a respeito. Começou também a olhar os meninos com outros olhos e com curiosidade. Adorava ler romances. As histórias de amor a encantavam. E passa o tempo, três anos. Em sua festa de formatura, ela não tinha consciência disso, mas era a moça mais bonita.

A hecatombe que caiu sobre ela no finalzinho do ano a pegou em cheio, seus pais que haviam ido à cidade vizinha, em seu carro, para visitar um de seus tios, não conseguiram fazer uma curva na estrada e despencaram em uma ribanceira de mais de vinte metros. Uma multidão enorme acompanhou o féretro até o cemitério da cidade para despedida de dois de seus ilustres filhos. Ela chorosa e vestida de negro em luto completo causava pena a todos. Seu tio, irmão de seu pai, a amparava o tempo todo, tentando consola-la; ele também inconsolável. Ele e a esposa foram com ela até sua casa, e lá dormiram naquela noite. Conversaram muito sobre os negócios de seu pai e ficou decidido que ele tomaria as decisões necessárias para que tudo caminhasse normalmente. Decisão a respeito de qualquer coisa que fosse um pouco diferente do andamento normal da fazenda, ela seria consultada. Perguntaram se ela queria morar com eles na cidade vizinha, mas ela disse que por enquanto não. Ela ficaria na casa, com a Porcina, que era empregada e até tinha seu quarto para dormir, como sempre fazia, aliás. Ela era filha de um dos peões da fazenda e morava logo ali. Existiam várias casas do pessoal que cuidava do cafezal bem pertinho da casa sede, ela não ficaria desamparada, tentou ela tranquilizá-los.

O Natal e a passagem do ano foram horrorosos com ela perambulando por sua enorme casa, teve até saudades do internato que fervilhava cheio de gente. A certeza de nunca mais ver seus pais enchia seu peito de angústia e tristeza.

Porcina, agora sua fiel escudeira, apresentava sinais de muito cansaço, fizeram então um acordo em que ela viria apenas na parte da tarde, com as noites e manhãs livres para ela e na casa de seus pais, que era logo ali. Maria do Rozário preferia, também estar só, em sua casa, sofrendo a sua dor. O café da manhã ela própria preparava todos os dias. O jantar era preparado pela Porcina, e em quantidade suficiente para o almoço do dia seguinte. Os dias do novo ano começaram a passar, dia dois, três, quatro, cinco e no dia seis, logo após o desjejum, quando ia para o seu quarto, uma explosão sacudiu a casa inteira. Sem saber o que pensar, saiu a procura do motivo. Visitou todos os quartos e salas; tudo na mais absoluta normalidade. Faltava o porão. Abriu as duas abas da porta e ligou a lus. O que ela viu deixou-a boquiaberta e estarrecida, um enorme sino, um pouco achatado, fazia parte do mobiliário ao lado da mesa e dos bancos de madeira. Embasbacada não conseguia compreender como tudo aquilo tinha ido parar ali. Começando a descer a escada, notou um homem estirado no piso, ao lado do sino. Hesitou bastante, antes de se aproximar. O homem continuava quieto sem se mexer, ela então pé por pé, sempre assustada, chegou a um passo de distância. Olhou a figura estirada no piso. Meu Deus, era um jovem talvez ou pouco mais velho do que ela. Suas roupas não combinavam com nada que os homens usavam em sua cidade, A calça parecia ser de brim coringa, mas num corte perfeito, os sapatos não eram de couro, mas de um material sintético, talvez americano, parecia mais uma botina, os cabelos mais compridos do que os usados pelos homens causariam escândalo se fosse passear pela cidade, ela ajoelhou-se a seu lado, olhou bem o seu rosto, era lindo! Deus do céu, será que os Reis Magos lhe haviam mandado um presente, como tinham feito com o pequeno menino Jesus? Teria seu príncipe encantado chegado, não montado em um corcel branco, mas dentro daquele sino que talvez fosse como a abóbora do conto de fadas? Sim só poderia ser mágica, porque como explicar que uma coisa do tamanho daquele sino ter ido parar no porão de sua casa? Ainda ajoelhada a seu lado pegou-lhe o braço para tomar o seu pulso, parecia normal, talvez um pouco acelerado. Neste momento ele abriu os olhos e ela imediatamente se afastou, ficando de pé. Era uma situação tão fora do comum e tão estranha que ela não sabia o que fazer, ou falar. Ficaram se olhando por um tempo, calados, ele talvez porque não estivesse compreendendo a situação em que estava metido; e ela também. Finalmente ela conseguiu falar alguma coisa: Perguntou quem era ele? Como tinha chegado no porão de sua casa? Que estranho sino era aquele? Ele parecia em estado de choque e não estar compreendendo nada, ou será que não intendia português? Ele tentou falar alguma coisa, mas seu falar era engrolado, ininteligível. Ele conseguiu sentar-se no piso e ela deu um passo atrás guardando distância. Sentiu que não precisava ter feito aquilo. Um moço tão bonito como aquele não faria mal a ninguém, além do mais ele era seu príncipe, mandado de presente pelos Reis Magos, para compensar um pouco a catástrofe que havia abatido sobre ela no fim do ano. A intenção de cuida-lo cresceu em seu coração, até, pelo menos conseguir pegar o fio da meada daquilo tudo. Ele estava se esforçando para ficar de pé. Ela criou coragem amparando-o para que se levantasse, levou-o até o banco mais próximo para que se sentasse. Ele era alto, um metro e oitenta ou mais, era forte, um tipo atlético e se esforçava para não sobrecarregá-la com seu peso. Acomodado no banco, após alguns minutos, sua respiração foi se normalizando e uma cor normal coloriu o seu rosto. Olhou-a de cima a baixo, e pareceu ficar encantado com aquilo que via. Ela ficou corada até a raiz dos cabelos, mas aguentou firme o exame feito pelo rapaz. Batendo suavemente com as mãos no banco pediu que ela sentasse a seu lado. Sem hesitar ela aceitou o convite. A primeira coisa que ele disse, deixou-a surpresa; perguntou ele, em que dia, em que mês e em que ano estávamos. Ele pareceu aliviado com a resposta e resmungou mais para ele do que para ela: "então deu certo". De repente levantou-se assustado e disse: "Meu Deus, a explosão". Caminhou, ainda em passos meios trôpegos, até o enorme sino e meio ajoelhado desapareceu dentro do mesmo. Parecia acabrunhado, quando reapareceu, um tempo depois. Disse-lhe como se ela pudesse entender, "Os circuitos novos, talvez, por não serem originais estão queimados, vou ter que permanecer neste tempo até poder conserta-los". Ela não entendeu nada do que ele queria dizer, mas percebeu que algo errado havia acontecido dentro do sino. Ela ficou à espera de mais explicações, e elas vieram. Apesar de parecerem inverossímeis e por não haver outras explicações pelos fatos já acontecidos, ela acreditou em tudo o que ele disse. Disse ele que estava vindo do futuro, não se recorda quanto tempo, que sua cabeça está confusa, parecendo dentro de uma bruma, e que a sua campânula está inútil porque queimou alguns equipamentos, e ele não tinha como voltar para seu tempo, que ele não se lembrava quando era, que não conseguia lembrar-se direito nem de sua mãe ou seu pai. Que, talvez, isto fosse consequência da explosão, ou da própria viagem no tempo. Que ele estava no porão de sua casa quando viajou pelo tempo, e que o porão de sua casa, tinha quase certeza, era este porão. Ela disse a ele que esta casa tinha sido construída por seus avos e seus pais tinham sido os herdeiros e que com a morte deles a pouco mais de uma semana, ela seria a nova dona, e que no futuro não saberia dizer quem seriam os donos da casa. Ele pareceu pensativo e disse-lhe que sentia muito por seus pais, se era por isso que ela estava de preto, se era luto que ela usava. A manhã ia passando e os dois ali conversando.   De   repente   ela começou a ficar temerosa de estar sozinha com um homem dentro de casa. O que iriam dizer as más línguas da cidade? Com certeza iriam sacrifica-la. Ela teria de arquitetar um plano até que seu príncipe pudesse sair dali sem problemas e sem que alguém visse. Nem a Porcina poderia saber de sua existência. O porão da casa é enorme e a alguns anos atrás durante a guerra, tinha sido usado como depósito de cereais e todos os outros alimentos para a casa, e empregados, mas agora, com os bons ventos que varriam o planeta não existia a necessidade de estocar tantas coisas assim. As prateleiras foram retiradas e a corrente com o cadeado que trancavam o porão, dormiam no fundo de uma gaveta. Ela explicou ao seu príncipe os motivos porque ele teria que ficar trancado no porão enquanto a Porcina permanecesse na casa, mas quando estivessem apenas os dois, a casa toda estaria livre para ele. Ele não entendeu muito bem os seus motivos, mas, ficou feliz com o resultado, que seria manter a campânula longe de olhos estranhos.

Ambos deixaram o porão e foram   para   a   cozinha. Ela almoçou e ele quis apenas um sanduiche   de queijo com um suco de laranja, que já estava pronto na geladeira, depois foram a procura da corrente e do cadeado. Ela mostrou-lhe o quarto de hospedes, onde ele iria ficar. Ele agradeceu, mas disse-lhe que estava adorando conversar com ela. Ela respondeu com um largo sorriso.   À   tarde quando soou a campainha com a chegada da Porcina, ele entrou no porão e ela passou o cadeado.

Porcina varreu o que tinha de varrer, limpou o que tinha que limpar, lavou o que tinha de lavar e quando foi cozinhar, Maria do Rozário pediu que ela fizesse bastante comida, pois andava com bastante fome estes dias. Disse-lhe também que tinha trancado o porão porque ficava mais tranquila com o mesmo fechado. Porcina não estranhou, ela entendia muito bem o medo das pessoas por lugares escuros. Ela tinha guardado o leite já fervido na geladeira, leite que ela trazia todas as tardes quando vinha para trabalhar na casa grande. Deixou a comida toda pronta sobre o fogão, bem mais que o normal como a menina tinha pedido. Maria do Rozário guardaria tudo na geladeira quando já estivesse frio, perguntou se precisava de mais alguma coisa e com a resposta "não", ela se despediu com um até amanhã, e foi embora.

Maria do Rozário acompanhou sua ajudante até a porta de entrada, e quando esta saiu trancou a porta, como sempre fazia e, em seguida foi até o porão e abriu a porta. Pronto, pensou ela, estamos tranquilos até amanhã de   tarde, e ali sem descer a escada, ela falou alto, olhando para baixo: "Toda área da casa está livre, quando você quiser subir, venha".

Sentados tranquilamente na poltrona da sala continuaram a conversar. Ele disse-lhe que provavelmente está não era sua casa, pois quando olhou pela janela avistou a cidade muito longe, talvez a uns três quilômetros e que sua enevoada mente dizia que a sua casa ficava em uma das últimas ruas da cidade. Falou-lhe também que não poderia dizer muita coisa a seu respeito, porque seu cérebro estava funcionando como uma engrenagem velha e sem graxa e não queria funcionar direito, tinha ele que ficar remoendo seus pensamentos para sair alguma coisa de seu passado. Ela por sua vez contou-lhe que havia nascido no primeiro ano da grande guerra e que não tinha lembranças más desse tempo, porque eram felizes nesta casa e seus pais eram muito carinhosos com ela. Falou também sobre o internato, mas hoje ela sabe que seus pais fizeram o que tinha de ser feito, afinal ela tinha o diploma de normalista, ela era uma professora. Disse também que adorava ler levou-o até uma sala, com uma mesa e uma máquina de escrever e prateleiras cheias de livros. Era a biblioteca de seu pais.   Disse ela que amava este lugar. Assim conversaram por bastante tempo, ele de pé junto ás prateleiras muito interessado lendo os títulos dos livros.   Foi assim que começou esta história de amor: ele João, ela Maria.

Ambos tinham noção de que um agradava tremendamente ao outro. Os olhares, os sorrisos largos com que se brindavam mutuamente, não permitia que houvesse dissimulação entre eles. Ele encantado com ela e ela encantada com ele. Enquanto ele bisbilhotava a biblioteca ela tomou um bom banho e após se vestir e ficar bem arrumadinha, foi a sua procura e entregou-lhe uma toalha bem fofa para que ele tomasse um banho também. Quando ele voltou do banho, vestindo a mesma roupa, ela perguntou se ele não se importaria de vestir uma roupa de seu pai, pois eles tinham o mesmo porte físico e além do mais não estaria usando uma roupa do futuro e não iria chamar a atenção de ninguém quando pudesse sair dali. Ele aceitou de bom grado e agradeceu. Caminharam até o quarto de seus pais, onde ela não mais tinha entrado desde o trágico acidente e abriu as portas do enorme guarda roupa. Disse-lhe que iria à cozinha e que escolhesse a roupa e sapatos que lhe agradasse. Ela estava terminando de preparar a mesa para o jantar, quando ele apareceu todo vestidinho, com roupas atuais. Ela admirou-o da cabeça aos pés e disse: "está lindo, mas, temos um problema, terei de cortar seu cabelo pois, ninguém o usa tão comprido assim, mas isto será para mais tarde, agora vamos nos refestelar   com a deliciosa comida feita pela nossa Porcina".

Depois do jantar e depois de quase duas horas de papo, ele sentou-se em uma cadeira, com um pano sobre os ombros, ao redor do pescoço, ela se aproximou com uma tesoura na mão e ele, muito infeliz deu adeus a sua rica cabeleira. Seus cabelos eram, agora bem curtos quase tipo usado pelos militares, mas segundo ela, igual ao que era usado por todos os rapazes.

Quando já eram dez horas da noite, e após um dia tão incomum e extenuante, os dois, cada um em seu quarto, entregaram-se aos braços de Morfeu. Dormiam já a sono solto.

No dia após o café da manhã, pediu que ela abrisse o porão, que ele queria dar uma olhada dentro da campânula. Já dentro da máquina, ele sentiu o cheiro dos circuitos queimados, realmente, não havia como regressar ao seu tempo. De repente, como num estalo, lembrou-se da gaveta. Abriu-a e lá estava o embrulho com as barras de ouro. Ficou imensamente feliz. Tinha como começar a vida neste tempo tão distante do seu. Saiu da máquina, subiu a escada e da porta do porão, chamou Maria do Rozário. Após um minuto, ela apareceu e ambos desceram a escada. Segurando-a pela mão guiou-a até a campânula e pela portinhola a adentraram. Ela meio inquieta, admirou-se do interior da máquina. Ele mostrou-lhe os circuitos queimados e disse que poderiam fazer juntos uma viagem no tempo, mas infelizmente teriam que esperar muitos anos até que isto pudesse acontecer, pois teria que trocar os componentes queimados e que não existiam hoje. Abaixando uma das mãos, abriu, na parte inferior do painel, uma pequena gaveta e mostrou-lhe quatro barras amarelas. Disse-lhe: "isto é ouro puro e foi colocado aqui caso houvesse algum problema na máquina". Eram barras de tamanhos diferentes. Ela pegou a menor, e calculou o peso entre meio e um quilo. Era pequena, mas pesada. Ele continuou lhe dizendo que quando pudesse sair, levaria a barra menor e tentaria negocia-la, pois precisaria de dinheiro para poder se movimentar. Perguntou-lhe também se poderia deixar o resto do ouro, ali, dentro da máquina. Ela respondeu que não haveria problema algum e que tinha também uma razoável quantia de dinheiro no banco e poderia dar-lhe um cheque de quanto quisesse, pois teria como garantia o ouro restante, disse ela brincando.   Logo após o almoço, ficaram conversando até a hora em que a Porcina bateu a porta. Ele foi para o porão e ela trancou a porta e foi atender a Porcina na entrada da casa.   Porcina varreu o que tinha de varrer, limpou o que tinha de limpar, lavou o que tinha de lavar e vendo as panelas quase vazias, cozinhou tanto quanto na tarde anterior. "Mais alguma coisa?" "Não". Ela deu um até amanhã e dirigiu-se até a saída acompanhada pela patroa. Maria trancou a entrada e dirigiu-se para abrir o porão. Pronto, livre para mais um dia com seu príncipe. Neste ritmo passaram-se mais três dias. Conversavam sem parar e sobre tudo. Ele contou das poucas coisas que se lembrava ou intuía lembrar-se. Ela contou sobre o mundo em que viviam atualmente, usos e costumes de sessenta anos antes de seu tempo. Tudo o que ele perguntava e ela tinha capacidade de responder ela respondia. Ele ficou sabendo que a população brasileira era ao redor de sessenta e cinco milhões de habitantes, e ela ficou admirada de que em apenas seis décadas a população seria de mais se duzentos milhões. Ele percebeu que o Brasil é quase um deserto de gente e que o povo vive agarrado a costa e o interior estava todo por fazer. Brasília está sendo construída, e que o asfalto está começando a cobrir umas poucas estradas. Tudo por fazer neste país que via cinquenta países de economia mais forte que a sua no mundo. Teve então como que um vislumbre de uma revolução militar que ocorreria em mil novecentos e sessenta e quatro e após quinze anos de governo a nossa e economia emergiria como a sétima do mundo, um fenômeno de crescimento. Ele tinha de tirar proveito do que sabia, ou intuía saber do futuro.

João estava começando a sentir-se indócil por estar ali encerrado, ele queria sair e conhecer este mundo, por seus próprios olhos, e não apenas através dos olhos dela. Tinham então de maquinar uma maneira dele sair sem chamar atenção. Ela teve então a ideia de que poderia chamar um taxi para fazer algumas compras e ir assistir um filme na cidade e ele iria junto, ela lhe daria, também, um cheque para ser descontado. Combinaram que ele desceria em frente ao banco e ela um pouco mais além, em frente a uma loja, e se encontrariam duas horas depois da chegada, na sorveteria da praça. Tudo foi executado como o combinado. Os dois sentados em uma mesa se deliciando com um sorvete. As pessoas que a conheciam, ficavam se perguntando quem era aquele moço que lhe fazia companhia. Ele estava lhe contando, que não tinha ideia do valor do dinheiro e por isso parou em várias lojas perguntando: "Quantos cruzeiros custa isto? Quantos cruzeiros custa aquilo?" Até saber mais ou menos o quanto de poder aquisitivo ele tinha no bolso. Estranhou a pouca quantidade de coisas existentes e tudo tão antigo e arcaico. Ele teria de aprender a viver com a falta de quase tudo neste mundo. No início da noite foram ao cinema. Ele teve a impressão de já ter assistido este filme, mas valeu o fato de estar ao lado desta linda garota e de mãos dadas, e sentia um carinho tão grande por ela, e ele sabia, nunca tinha sentido por nenhuma outra.

Enquanto caminhavam após a saída do cinema ele pergunto-lhe se devia voltar à casa grande com ela ou se devia arrumar um pequeno hotel e se hospedar, não queria que as linguarudas da cidade começassem a falar. Ela disse as linguarudas que se danassem, e que ele ficasse uns poucos dias mais, pois ela se sentia muito só na casa e estava adorando a companhia dele. Assim embarcaram juntos em um táxi e voltaram para casa. Passaram-se dois dias após o passeio na cidade, e as coisas estavam esquentando entre eles, ele a queria, e ela a ele. Ele se esforçando para seguir os preceitos e costumes da época e ela se esforçando para esquecê-los. Virgem para o casamento? Mas que se dane este preceito imbecil. Ela não ia ficar esperando se casar com ele para dormirem juntos. Queria ficar com ele agora, e ele mesmo nunca desejando ultrapassar os limites, sucumbiu aos encantos de Maria. Foi a noite mais feliz de suas vidas. Quase uma semana depois, só não estiveram juntos enquanto a Porcina vinha para fazer os serviços da casa e ele se trancava no porão, o resto do tempo estavam em plena lua de mel. Se alegraram e se divertiram como se o mundo fosse só eles e só deles. Infelizmente, tinham também de pensar nas coisas práticas da vida. Ele não poderia ficar eternamente encerrado ali, e nem ela. Ele tinha de fazer parte deste tempo, que era agora seu tempo também. Tinha de esquecer de quando vivia no futuro, que aliás se lembrava bem pouco. Maria, também, tinha de circular pelos arredores e ir à cidade vez por outra.

Em suas juras de amor eterno, ele prometeu a ela que se casariam assim que fosse possível, e ela disse-lhe que mesmo que ele desaparecesse por uns tempos, ela entenderia, e estaria sempre ansiosa esperando por ele. Disse-lhe que o príncipe que os Reis Magos lhe haviam mandado, não em uma abóbora como no conto de fadas, mas em um enorme sino, seria para sempre o único dono de seu coração. Continuaram vivendo seu caso de amor por mais alguns dias, e conversavam. Ele queria saber a situação do país para não fazer coisas que pudessem incrimina-lo. Lembrou a ela que não tinha documentos pessoais e teria de consegui-los. Perguntou por algum advogado, ela disse que seu pai tinha um bom na cidade e também era cliente de um escritório de advocacia em São Paulo. Procurando na escrivaninha de trabalho de seu pai, conseguiu o endereço dos advogados de São Paulo, que foi o que lhe interessou.

SÃO PAULO

Com um pouco mais de três milhões de habitantes, São Paulo era a segunda cidade em tamanho (meu Deus como é pequena) do Brasil, perdendo apenas para o Rio de Janeiro que é a capital do país. Para viajar à capital paulista, teria de ir de ônibus até a cidade vizinha, que é bem perto e pegar um trem para São Paulo. Entrando no quarto do pai, Maria abriu o enorme guarda roupa e pediu que ele escolhesse o que quisesse. Na mala que ela tinha colocado em cima da cama, ele colocou três ternos bem dobradinhos, camisas, meias e um par de sapatos. Produtos de higiene compraria na farmácia. Ela preencheu mais um cheque para ser descontado, antes de viajar. Não queria que ele sofresse por falta de dinheiro. Seguindo o embalo do tchoc, tchoc, tchoc tchoc do trem ia apreciando a paisagem pela janela. As recordações que lhe ocorriam eram de um país cheio de estradas e cidades bem razoáveis em tamanho, mas o que via agora eram cidades bem pequenas e aparentemente muita pobreza, para todos os lados. À chegada em São Paulo, admirou-se de sua pequenez. Desceu na estação da Luz e arrumou um hotel para ficar. Em seguida tomou um taxi para o centro. Perto do viaduto do Chá pediu ao motorista para parar. Faria o resto do percurso a pé. O trânsito era um sonho de tão livre e os bondes trafegavam por todos os lados. No centro da cidade o movimento de pedestres era intenso, observou ele, passando pela Rua Direita até dobrar em uma rua a procura do endereço do escritório de advocacia. Em um apartamento no quarto andar de um edifício, na sala de entrada, uma secretária encaminhava os clientes que chegassem, para o advogado que estivesse livre. Eram várias salas e vários advogados. Ela disse-lhe que seria atendido pelo Dr. Mauro Pontes, talvez o mais experiente de todos os advogados que faziam parte do escritório. Ele apreciou a maneira agradável com que foi atendido pelo Dr. Pontes que lhe estendeu a mão e pediu que se sentasse em uma cadeira em frente à sua mesa. "Em que posso ajuda-lo Sr. João"? Disse ele sorridente. João contou o que podia contar, e mentiu no que tinha de mentir. Falou que tinha acordado um dia numa cidade do interior, e que sua memória tinha como que se apagado e que foi acolhido por uma jovem que o encaminhou a este escritório em que os pais dela eram clientes. Disse-lhe o nome dos pais de sua amada e o advogado lembrou-se imediatamente deles. Ficou pesaroso quando soube que tinham morrido. Perguntou o que ele realmente desejava, e ele respondeu que não podia viver sem documentos, contou-lhe também que não se lembrava do nome de seus pais, nem onde tinha nascido, não se lembrava de coisa alguma, e que, tinha certeza, nunca mais iria lembrar-se de alguma coisa. Que ele pedia então ao Dr. que o ajudasse a começar uma nova vida. O advogado fez-lhe muitas perguntas e mais perguntas ainda. Ele foi tão sincero quanto pode. Dr. Pontes disse-lhe que voltasse depois de três dias pois teria de falar com vários amigos e outros contatos não muito amigos, para ver o que poderia ser feito. Despediram-se sorridentes com um aperto de mãos e ele caminhou até o Largo do Arouche e fez uma coisa que queria fazer desde que aqui chegou: Pegou um bonde até as proximidades do seu hotel.

Após um belo banho, estirado na cama do hotel para descansar um pouco, começou a pensar que tinha três dias livres para fazer o que quisesse nesta cidade que tanto conhecia, mas ao mesmo tempo era tão diferente. Olhando pela janela de seu hotel, notava que muitos e muitos edifícios haviam desaparecidos. Não que se lembrasse, mas que sua mente intuía, iriam existir no futuro. Saindo a perambular aos arredores do hotel e mais além, entrou em um restaurante e pediu um grande filé a cavalo com arroz e fritas e um suco de laranja. Comeu a fartar-se. Andou mais um pouco, admirando-se do trânsito tranquilo e os carros tão antigos, com muitos americanos e já bastante fuscas e DKW Vemag e outros mais, circulando pelas ruas; e ônibus fumacentos e bondes. Adorou os bondes. E como haviam cinemas, todos funcionando com várias seções seguidas durante o dia e parte da noite. Lembrou-se então que a televisão dava seus primeiros passos e a diversão popular maior era o cinema. Voltou ao hotel estirando-se na cama para descansar suas doídas pernas. Os outros dias que sobraram aproveitou para conhecer a cidade atual. Entrava em um bonde no centro e ia até o ponto final onde descia e andava um pouco pelos arredores. Voltava novamente ao centro e se tivesse ainda disposição ia para novo passeio em outro bairro. Parou no Ipiranga para visitar o monumento, o museu e a pequena casa em que Dom Pedro I descansou. Uma noite foi a um teatro de revista, se divertiu bastante com as piadas, que para a época eram cabeludas, mas no futuro seriam conversas corriqueiras, entre homens e mulheres, sem nenhum impacto, admiração ou constrangimento.

Ao sair para o jantar no terceiro dia de sua estadia em São Paulo, um funcionário da portaria do hotel, entregou-lhe um aviso mandado pelo advogado para que comparecesse ao escritório no dia seguinte as três da tarde. Sentado, às três da tarde na sala da secretária, teve de esperar um pouco mais de quinze minutos, até que o Dr. Pontes saísse de sua sala, se despedindo de outro cliente. Cumprimentaram-se e entraram juntos no escritório. Depois de um ligeiro bate papo sobre amenidades, foram aos finalmente. O Dr. disse-lhe que após mexer muitos pauzinhos conseguiria dois documentos, que eram essenciais, a certidão de nascimento e a cartelra de reservista de terceira classe. Disse-lhe também que os documentos seriam legítimos, que se, por exemplo, precisasse no futuro de cópia da certidão de nascimento, conseguiria no cartório sem problema algum, mas que o preço era um pouco salgado. Disse-lhe o custo total, incluindo os honorários. Sua amada tinha sido pródiga, quando lhe dera os cheques, o dinheiro daria para isto e muito mais. Falou ao Dr. Pontes que tudo bem e deu-lhe uma entrada para que se fizesse os documentos, voltaria depois de dois dias para pegar os papeis e pagar o restante. Percebeu, também, que o advogado era um homem em quem poderia confiar, para realizar qualquer negócio. Quando viesse buscar os documentos, dir-lhe-ia sobre a barra de ouro que tinha para vender.

Sentado junto a janela, no trem, de volta para casa, João ia feliz da vida, por esta viagem ter corrido tão bem, e ele poder agora ajeitar sua vida, neste tempo tão longe do seu.   Ele já existia nesta época pois tinha conseguido seus documentos e tinha vendido a menor das barras de seu ouro. Levava um gordo cheque para abrir uma conta em um banco de sua cidade. Observando a paisagem que passava, interminável em curvas e retas, ia remoendo a ânsia e saudade por sua amada. Relembrando a São Paulo atual, notou o desaparecimento de bairros e bairros, a capital, tinha diminuído de tamanho de uma maneira incrível e mesmo assim quando o ônibus parou na rodoviária de sua cidade, teve quase que uma vertigem pela pequenez da mesma. Tráfego de carros quase inexistente e pedestres uns poucos gatos pingados, chegava a ser angustiante perto do azáfama do centro paulista. Tinha de se adaptar aos novos tempos, à sua pequena cidade, e também a este Brasil quase deserto de gente.

Arrumou acomodações em um pequeno hotel no centro da cidade e depois de um bom banho foi ao banco abrir a sua conta, em seguida pegou um taxi e foi para a casa grande, não aguentava de saudades de sua amada. Dois minutos depois de bater à porta, toda sorrisos, apareceu ela, a sua amada. Já dentro da casa, após muitos beijos e abraços, sentados no sofá da sala, colocou Maria a par de todas suas andanças pela cidade grande. Disse-lhe também que no próximo sábado haveria um baile no clube da cidade e queria que formassem um par, e todos perceberiam que estavam namorando e assim quando se casassem não haveria surpresa alguma. Após o jantar e mais uma seção de bate papos, foram para a cama. Foi uma noite de sonhos.

O PROFESSOR

Saindo do hotel para fazer um pequeno reconhecimento pela cidade, veio a saber que uma escola noturna de Ginásio, Comercial, Contabilidade e Científico, estava precisando de professor de inglês. Conversou sem muitas pretensões com o diretor da escola. O mesmo ficou encantado quando soube que não precisava ler a legendas para entender os filmes americanos. Mostrou-lhe os livros em que se baseavam as aulas e pediu que lesse alguns trechos. Nunca foi tão fácil arrumar um emprego. O ano letivo não demoraria muito a começar. Teria de ler sobre didática de ensino e preparar aulas. Ficou muito feliz porque não teria de gastar seu rico dinheirinho que estava na caderneta de poupança. Poderia viver com o que ganhasse em seu trabalho, enquanto pensava em algo mais lucrativo que a caderneta.

Chegou o sábado e entraram de mãozinhas dadas no clube onde haveria o baile. Ela mais princesa do que nunca e ele também, mais príncipe do que nunca. Notou também, que os rapazes se deram conta de que um forasteiro estava namorando a moça mais bonita da cidade e o olhavam com caras de poucos amigos. Tudo bem pensou ele, contanto que não me encham a paciência, caso contrário vou mostrar que sou bom de karatê. Assim como os rapazes, as moças também cuidavam de algum rapaz que chegasse à cidade, lançando olhares furtivos ao novo espécime, mas João só tinha olhares para sua Maria. Foi um lindo baile, dançaram vezes sem fim ao som de músicas da orquestra. Na segunda feira Maria veio a cidade onde se encontraram. João já havia lhe contado que iria dar aulas de inglês e ela, como era professora formada, ofereceu-se para ajudá-lo em didática e preparação de aulas. Ele acompanhou-a até a casa grande, onde finalmente conheceu Porcina, a cozinheira de boas comidas e fiel escudeira da patroa. Ela já sabia que a Maria tinha um namorado, pois os boatos, correm ligeiro em cidade pequena. No próximo sábado à noitezinha se encontraram na praça e sentados em um banco do jardim observaram a juventude que chegava, para seu passeio semanal ao redor da praça. Era um costume que, ele ficou sabendo, existia em quase todo o Brasil. Isto fez sua cabeça trabalhar sobre os preceitos e usos no país.

Os costumes atuais me assombram, são de uma repressão muito grande, homens para um lado, mulheres para o outro. Um exemplo típico é o de uma coisa chamada "footing". Funciona assim: Todas as cidades têm uma igreja e em sua frente uma praça com um coreto e um serviço de autofalantes com música, as vezes ao vivo tocadas por uma banda; pois bem, todos os jovens do lugar ali se encontram para bate papos entre amigos e principalmente para observar o sexo oposto. Na praça caminhando ao redor de todo o percurso os homens andavam em um sentido, e as mulheres em outro, de maneira que estavam sempre se olhando, era época de paquera e olhares, as vezes uma piadinha, mas raramente passando disso. Moças que fossem um pouco mais ousadas entravam como motivo de fofocas de toda a cidade e para se casarem, tornava-se difícil. As mulheres tinham de vir virgens para o casamento. Eram tempos de desejos afogados dentro do peito, de sentimentos de pecado e tempo de submissão à uma sociedade que cobrava qualquer desvio de seus preceitos. São tempos horrorosos para todos. Dentro das nuvens de lembranças de meu passado, que é futuro de onde vivo agora, as coisas entre sexos fluíam tranquilamente, e sem remorsos. Hoje nos bailes, que se realizam nos clubes das cidades, a frequência é enorme e os casais dançam sempre juntos. O rapaz caminha até a moça e a chama para dançar. Músicas lentas como "foxtrote", por exemplo, quase sempre enche a pista de dança e os pares que, às vezes, tinham se paquerado na praça, aproveitam para ficarem agarradinhos com o corpo e o rostinho colado um ao outro. É o máximo de ousadia permissível. Outra coisa que chama atenção é a ausência total de homossexuais, se por acaso houver algum, este nunca se manifesta. Haverá no futuro uma grande mudança de costumes no país e no mundo, a respeito deste assunto. Ausência, ainda, de obesos, alguém meio gordinho ainda raramente se nota, mas obeso é tão difícil, como ganhar na loteria. O Brasil atual é um país magro. O uso de chapéu pelos homens e sombrinhas pelas mulheres, é comum. Os dentes não são lá essas coisas, o flúor ainda é pouco usado. Isto são observações de alguém chegando de um mundo completamente diferente deste. Vou ter de me adaptar a este ambiente e a estes novos usos e costumes.

As férias escolares estão quase no fim. Ajudado pela Maria e com os livros cedidos pela escola, já preparei um monte de aulas para todos os cursos e todas as séries. A Maria não tem muito conhecimento de inglês, mas sabe como preparar uma aula. Quero que a moçada goste da matéria que vou ensinar. Leio também livros de didática. Quero chegar um professor, e não um leigo no assunto.

.   Estou cada vez mais apaixonado pela minha princesa e a encontro sempre que posso. Enquanto isso vou sendo reconhecido como um novo habitante da cidade, estou me tornando um deles. Já sabem que vou ser professor no Ateneu e não me olham com cara amarrada quando me vêm com a Maria.

Chegam às aulas. O nervosismo inicial de um primeiro emprego logo desaparece quando passo a conhecer os alunos, suas dúvidas e dificuldades. O respeito pelo professor é bem grande, mas jovem é jovem em qualquer lugar ou qualquer época, às vezes é necessário chamar a atenção da moçada para que se fixem mais na aula.

A duração dos dias corre vagarosa, com meus novos afazeres tomando muito de meu tempo. Com o passar do ano letivo, devo acostumar-me com a rotina de aulas, e as coisas se tornarão mais fáceis. Assim espero. Não descuido também de minha princesa e uma noite perguntei se queria casar comigo. A resposta foi um largo sorriso, um beijo e um abraço demorado. Ela ficou muito feliz e eu mais ainda. Conheci também os parentes da Maria que a princípio não gostaram do noivo desconhecido que ela tinha arrumado, mas vendo a seriedade do casal em estar para sempre juntos, tiveram de aceitar a situação. Eles aprenderão a gostar de mim. O tempo de noivado foi curtíssimo. Nosso casamento foi em maio, o mês das noivas, na Igreja Matriz toda florida, tapete até o altar e cheia de convidados. A noiva mais linda do que nunca entrando ao lado do tio, enquanto o órgão tocava a marcha nupcial, até o altar onde um noivo sorridente e feliz a esperava. Foi emocionante, após o juramento, a troca de alianças, o beijo dos noivos e o abraço dos convidados desejando felicidades, todos se dirigiram a fazenda em carreata, onde seria a festa. Porcina à frente de um batalhão de ajudantes havia se esmerado em preparar uma recepção que deixou sua patroa orgulhosa dela.   Uma lua de mel de apenas três dias, em Poços de Caldas, com direito a passeio de charrete e tudo o mais, coroou a festa de casamento.

Na segunda-feira um senhor casado e responsável compareceu ao Ateneu para dar aula aos sorridentes alunos, que o receberam com palmas. Foi assim em todas as classes. Ele já não era mais um forasteiro nesta cidade.

Os dias passam numa modorra, numa lentidão de uma pequena cidade do interior.

Preparar aulas, preparar provas, corrigir provas, escutar e bater um papo alegre com a gurizada, assim vai passando o tempo, e também tomo conhecimento de que o Brasil vai disputar na Suécia, a Copa do Mundo. Para minha surpresa eu sabia o nome de todos os países ganhadores de Copa até o ano de dois mil e quatorze. Meu Deus, Pelé é quase um menino, iniciando sua carreira de maior jogador da história. Tenho de vê-lo jogar, sempre que possível. Minha memória era falha em quase tudo, mas uma espécie de instinto me dizia os acontecimentos futuros. Vou escrever em um caderno todas estas fugidias lembranças que podem, com o passar do tempo, sumir de minha cabeça. São coisas que podem influenciar para melhor minha vida no futuro. Levo uma grande vantagem sobre toda a humanidade que vive no meu tempo, com este conhecimento prévio.

Confirmarei minhas certezas se o Brasil for realmente campeão, neste ano de mil novecentos e cinquenta e oito.

Uma das coisas de que me recordo é a transformação da terra de cerrado em uma das maiores produtoras de cereais do mundo. Vou vender uma das barras de ouro e investir em Mato Grosso.

Continuo com meu quartinho no hotel, porque passo o dia todo na cidade. Às vezes Maria fica comigo, mas à noite vamos para a fazenda e de lá saio todas as manhãs para minhas aulas. É um ritual cansativo, mas não posso largar a rapaziada sem um professor, e eu gosto disso.

Quanto à fazenda de Maria, seu tio vai me instruindo em tudo o que é necessário para que eu leve avante sua condução. Diz ele, que tem seus próprios afazeres e não tem tempo suficiente, preferindo que Maria e seu marido cuidem de seu andamento. Diz, também, que estará a disposição para quaisquer conselhos.

Assim vou levando a vida neste mundo tão antigo, e tão novo para mim. Chegam a férias escolares do meio do ano. Consegui convencer Maria de que iria sozinho nesta viagem ao interior do Brasil. Seriam no máximo uns dez dias e não seria esta pequena viagem que iria assustar quem viajou sessenta anos para o passado.

MATO GROSSO, A VIAGEM.

O velho DC3, coitado, não é pressurizado e não pode voar alto, por isso vamos por baixo das nuvens cúmulos e o avião corcoveia sem parar. Os passageiros sentem como se estivessem montados no lombo de um burro brabo, todos meio verdes de enjoo e alguns mais prevenidos com o saquinho retirado da bolsa da poltrona, prontos para usa-los e não sujar o companheiro de viagem que estava sentado ao lado. Graças a Deus estávamos a menos de dez minutos da próxima escala na divisa de Minas e Goiás. Era um pequeno descanso para nossos músculos cansados de brigar contra as forças da natureza.

O vôo é em direção a Cuiabá, um pinga-pinga em várias cidades intermediárias, exaustivo para todos os passageiros, e acredito, também para os tripulantes. Em cada parada, descem passageiros, entram passageiros mudando os companheiros de viagem. Continuo firme, pois vou descer um aeroporto antes da parada final.   Quando cruzamos a divisa de Goiás com Mato Grosso, começo a me interessar mais pela paisagem. São as terras de cerrado inculto e selvagem que se estendem até onde a vista alcança e ocasionais matas ciliares margeando córregos e rios e de vez em quando uma floresta nas baixadas úmidas e de solo mais rico. São chapadões imensos com relevo quase tão suaves quanto os pampas gaúchos. É uma terra de ninguém, não se vê um povoado por pequeno que seja, raramente uma casinha com um roçado ao lado, e as vezes uma estrada sinuosa que vai de nenhum lugar a lugar nenhum. O cerrado é um tipo de terra muito ácida e pobre em nutrientes. Os poucos compradores de terra que se aventuram por essas longínquas paragens preferem as terras de floresta que são negras e excepcionalmente boas. A terra de cerrado ninguém quer, e quando é comprada os vendedores recebem um preço irrisórios por ela. Eles não sabem o futuro, mas eu sei, pois venho de lá. Estas terras tão desprezadas serão a prima dona da agropecuária do Brasil, com seu clima perfeitamente definido e uma boa correção de solo, um relevo pronto para receber qualquer máquina, farão o que não existe em nenhum outro lugar do mundo: duas safras anuais. Ninguém quer o cerrado? Pois é a procura do cerrado que eu venho.

A escala seguinte será um pouco mais demorada, quarenta e cinco minutos e é para o almoço dos tripulantes que receberam apenas uma caixa de lanche, e estão arados de fome. O convite foi, também, feito aos passageiros que quisessem gastar um pouco de seu dinheirinho para um almoço rápido. Nenhum deles aceitou temerosos do que poderia acontecer quando o avião começasse sua costumeira turbulência após a decolagem. Eu fui o único a aceitar o convite.   O restaurante era em uma sóbria pensão, bem perto do aeroporto. Foi uma pequena caminhada que fizemos até lá, um bom exercício para as pernas. Sentados em uma mesa o comandante, o rádio telegrafista e a aeromoça. Em outra mesa o copiloto e eu. Em outras mesas mais, uns poucos gatos pingados. O almoço tinha de ser rápido; a viagem precisava continuar. Entabulo conversa com o copiloto e ele me explica que após a segunda guerra os Estados Unidos tinham uma montanha de sobra de aviões, a maioria DC3, que foram exportados para o mundo. Para o Brasil foi um presente dos deuses, um país enorme e parco de estradas, recebeu mais de cem aviões para várias companhias aéreas que tentavam se firmar no mercado. As pequenas cidades perdidas na imensidão do país receberam sangue novo com a chegada de pessoas que nunca ousariam aparecer pelas estradas intransitáveis e quase inexistentes. A navegação entre cidades era visual, umas poucas com radio farol de curtíssimo alcance e precários procedimentos de aproximação. Os pilotos que se virassem para chegar ao seu destino. Disse-me também, que normalmente este é um mês em que a névoa seca dificulta enormemente a visibilidade, mas este ano com as poucas queimadas que naturalmente ocorrem, consegue-se enxergar até o longínquo horizonte, facilitando muito a navegação aérea. Observo a tripulação. Todos muito jovens. O comandante teria uns vinte e cinco anos, o copiloto e a aeromoça uns três ou quatro anos menos, o mais idoso era o rádio telegrafista que passaria um pouco dos trinta. Este era um homem muito importante a bordo, pois era ele que se comunicava através do código Morse com todos os destinatários de suas mensagens. Recebia boletins de tempo e tudo mais para que o vôo fosse, dentro do possível, seguro. Transmitia o andamento da viagem para que a companhia soubesse o que se passava. Mensagens via rádio eram muito poucas, sendo usáveis mais nas chegadas dos aeroportos em que houvesse este auxílio à navegação.

Decolagem, subida e vôo de cruzeiro sempre abaixo das nuvens, vamos sempre por esta estrada esburacada, aos solavancos. Finalmente começamos a descida. Estou chegando ao meu destino. Observo a paisagem cada vez mais próxima do avião. Ao longe um rio que serpenteava com suas matas ciliares e alguns afluentes que jogavam suas águas aumentando o caudal. Meses de junho e julho são épocas de seca, mesmo assim o volume de água parece ser agradavelmente grande. Quase às margens do rio a pequena cidade espalha-se subindo um morro de rampas bem suaves. No alto do morro o aeroporto com sua pista de terra, como todos os aeroportos pelos quais passamos. O pouso foi tranquilo. A ida para a cidade foi junto a outro passageiro, compartilhando o mesmo táxi. O pequeno hotel ficava na parte superior da praça central, um retângulo de ladeira bem amena, sem jardins, sem árvores, sem nada, apenas alguns buracos ocasionados pelas enxurradas da época das chuvas. Havia também a igreja, relativamente nova. Esta cidade com seus casebres e ruas esburacadas, de menos de dez mil habitantes irá se tornar uma das maiores e mais ricas cidades do estado. Pretendo visitar também, a casa onde viveu por algum tempo, Marechal Rondon, o militar e sertanista, que começou a desvendar o Centro Oeste para o Brasil. Por enquanto quero tomar um bom banho para tirar a inhaca da viagem, dar um pequeno passeio pelos arredores, jantar no restaurante do hotel, conversar um pouco com outros hospedes sentados em cadeiras à frente olhando a praça, enquanto o crepúsculo se transforma em noite. Após este relaxamento vou para o quarto, agradavelmente limpo, e sonhar com os anjinhos. Dez horas de sono seguido foi o preço do descanso da viagem. Agora sentado, tomando uma xícara de café com leite e um pedaço de pão com manteiga, após quase a metade de um mamão, sinto-me completamente revigorado. Tenho de ir à procura de meus interesses. O dono do hotel, um senhor magro, de estatura baixa, é bem-falante, não se nega a dar-me todas as informações de que necessito. "O corretor de terras fica logo ali, virando à direita próximo ao bar", disse ele.

Foi difícil convencer ao vendedor de que meu objetivo era terra de cerrado, e não de mata como todos os poucos compradores que apareciam queriam. Disse-me que o preço do cerrado poderia ser até de dez a vinte vezes menor, pois não produzia nada. Abriu um mapa da região sobre a mesa e mostrou-me as áreas disponíveis. Interessei-me por uma gleba que, segundo sua descrição, era quase plana com muitos rios e riachos. Não era terra de areia, mas de uma cor avermelhada. A extensão seria igual ao de um pequeno reino na época medieval. O preço era agradavelmente pequeno. Poderia paga-lo e ainda teria bastante folga no meu banco. Visitar a área foi um problema não resolvido. Indo em um jipe por uma estrada cheia de curvas até uma pequena fazenda, e após, no lombo de um cavalo por uns vinte quilômetros, seria possível, mas o tempo seria muito grande e eu não o tenho disponível. Resolvemos o problema indo até o aeroporto e fretando um pequeno avião para sobrevoar a área. Não era o ideal, mas poderia pelo menos conferir o mapa da gleba com a terra em baixo. Em janeiro ou julho do ano que vem, volto aqui mais preparado, para a aventura de visitar minhas terras. Todos os trâmites legais de cartório e pagamentos foram seguidos. Já estou aqui há quase uma semana. Tenho de voltar para casa, estou com saudade da minha Maria.

TRABALHANDO EM DOBRO

Maria e eu matamos nossa saudade após a volta de minha viagem. Contei-lhe tudo o que se passara e que éramos donos de uma grande gleba de terras em Mato Grosso, ela disse que se eu estava feliz ela também estava. Após uns poucos dias mais de folga, recomeçaram as aulas no Ateneu. As férias haviam passado numa rapidez impressionante, quando comecei a gostar, elas já tinham ido. Entrei no ritmo do funcionamento da escola.

Chegou também a época da colheita do café. Como príncipe consorte, não poderia deixar o encargo de dezenas de trabalhadores, nos ombros de Maria e também do capataz. Assumi minha posição de marido. Consegui transferir quase todas as minhas aulas para o período da tarde, deixando as manhãs, sábados e domingos, para ajudar nos trabalhos da safra. Cumprir horários viajando todos os dias, para lá e para cá em nossa estradinha, não foi fácil, e também a falta de horas de sono que me arrasavam. Ao final tudo deu certo, com um tanto de café nas sacas e outro tanto, ainda nos terreirões para secagem, eu estava cinco quilos mais magro e o rosto bem moreno de sol, apesar do chapéu. Quando tomava banho ficava admirado da cor bem branca de meu corpo e de e da cor morena de minha cara. Parecia um fantasma. Minha princesa não ria, porque estava igualzinha a mim. Por vezes ríamos juntos, quando nos admirávamos um ao outro. Era hilário. Depois do azáfama de colheita e aulas, percebi que não seria possível ser fazendeiro e professor ao mesmo tempo. Ao final do ano letivo teria de deixar o Ateneu. Avisei ao diretor. Ele ficou consternado com a notícia, não havia professor de inglês no município. Teria de importar um teacher de outra cidade. Devagar o ano caminhava para o fim. Meus pupilos ficaram sabendo que deixaria de ser professor no próximo ano e não gostaram muito da notícia. Achavam-me um professor pra frente, que sabia entende-los, e conversar com eles. Tinham medo de que aparecesse um bem rabugento para me substituir. Eram bons alunos, mas tirando uns poucos que realmente se interessavam pela matéria, sobrava a maioria que estudava apenas para passar. À época dos exames finais, todos foram aprovados. Uns quatro ou cinco haviam ficado para exame oral, mas saíram-se razoavelmente bem. Os que terminavam seus cursos tinham a entrega de canudos e seus bailes de formatura. Chegou o Natal, que só não foi melhor, porque Maria lembrou-se de seus pais. Consolei- a como pude. A festa de passagem de ano foi maravilhosa. O clube da cidade bem enfeitado e com uma banda para animar o baile recebeu a todos para uma linda noite. Homens usando smoking e as mulheres, cada uma com vestido mais caprichado e elegante que a outro. A minha princesa estava simplesmente radiante em toda sua beleza. Orgulhava-me dela. Chega o dia seis de janeiro, dia de reis, festejamos a festa de nosso primeiro encontro com muitos abraços e beijos e uma bela garrafa de vinho. Estávamos felizes.   Os dias passam. Estou já bem adaptado aos afazeres da fazenda; nas horas mais tranquilas pratico exercícios de karatê. Nas primeiras vezes minha princesa só olhava, mas depois entrou na brincadeira. Ela era ágil e se adaptou bem. Ganhou um pouco de músculos. Não que precisasse, ela sempre foi linda.

Certa vez, observando-me a olhar meu pequeno caderno de memórias, perguntou-me se podia ler. Não tenho segredos para minha amada e estendi-lhe o caderno. Após ler algumas folhas, questionou-me porque não aproveitar meu conhecimento do futuro para tornarmo-nos milionários. Tínhamos ouro e o nosso saldo da fazenda, e não era pouco. Maria pensou os meus pensamentos. Eu não poderia fugir daquilo. Viajei novamente ao centro-oeste e tomei realmente posse das terras de Mato Grosso. Tenho um homem de confiança que me ajudará na tarefa de abrir e transformar o cerrado bruto em algo produtivo. Em primeiro lugar as pequenas florestas e matas ciliares serão intocáveis. Depois vamos esperar os gaúchos chegarem com seus métodos de correção de solo e agricultura moderna para realmente trabalharmos. Não vamos colocar a carroça à frente dos bois. Por enquanto vamos fazendo as coisas devagar. Estas terras ainda vão se tornar em uma grande fazenda. Maria algumas vezes vai comigo, quando saio em viagens de negócio. Há poucos dias, em São Paulo, fomos ver Pelé jogar. Meu Deus! Como joga este tricordiano! Ele será eternamente o rei do futebol. No futuro aparecerão muito bons jogadores, ótimos jogadores, no Brasil e no mundo. Eles poderão ser chamados príncipes, mas terão, sempre, de se ajoelhar diante de sua majestade, o rei, PELÉ, primeiro e único.

Falando em futebol, estava eu em uma negociação em Londres, o ano era de mil novecentos e sessenta e dois, iniciando a copa no Chile. Pelé logo no primeiro jogo se contundiu. Estava fora do campeonato mundial. Na bolsa de apostas, caiu muito a preferência pelo Brasil. Eu ao contrário aumentei minhas apostas, pois sabia que outro fenômeno brasileiro, Garrincha, ajudados por seus companheiros, nos daria pela segunda vez, a taça. Resultado? Paguei minha viagem e ainda voltei com os bolsos recheados. Na copa de mil novecentos e sessenta e seis muitos, ainda apostarão no Brasil, menos eu que sei quem será o campeão. Jogo na bolsa de apostas para ganhar, mas não em exagero, para não chamar atenção. Minha intenção é fazer uma fezinha em todas as copas. Se minhas condições permitirem pretendo ir ao México e ver, in loco, a conquista definitiva da taça Jules Rimet, e também a última copa jogada pelo Rei Pelé.

Abril de mil novecentos e sessenta e quatro, chega a revolução no país, que vai começar um período de crescimento sem precedentes. Nossa economia passará da quinquagésima para a sétima economia do mundo. Todos os presidentes militares quando morrerem terão seus haveres iguais aos de quando entraram no exercício do poder. Não usaram seus cargos para enriquecimento. Quando vigorar o poder civil, as raposas passarão a tomar conta do galinheiro. O Brasil vai perder a carruagem que o levaria a ser a terceira economia mundial, tudo porque os abutres que dirigirão a nação vão delapidar o erário nacional e levar as grandes estatais nacionais, à beira da falência. Preferem eles ficarem ricos, o Brasil com seu povo que se danem. Um roubo aberto e escancarado. (Aqui fica o protesto do narrador desta estória, que há oitenta anos viaja pelo tempo.)   Os dias, os meses, os anos passam e eu sempre à procura de oportunidades, que sempre dão certo, mas de que adianta tanto dinheiro se não temos para quem deixar? Precisamos de um herdeiro. Maria e eu tentamos, e tentamos e como tentamos, não que as tentativas fossem um sacrifício, antes pelo contrário, nos divertíamos a valer. Se não conseguirmos um bebê, uma adoção não estaria fora de cogitação. Mas ao fim e ao cabo, ele veio.

Demorou um pouco para a linda barriguinha de Maria começar a arredondar.   Minha amada se cuidava para não engordar, não queria que seu corpo ficasse muito disforme após o nascimento do bebê. Valeu o sacrifício, depois de trinta e cinco semanas de gestação, ela tinha engordado menos de seis quilos admiro sua força de vontade. Ela iria continuar linda, mesmo após o bebê. Ele já dava o ar de sua graça há algum tempo, os pontapés do neném eram bem fortes, notavam-se os chutes desferidos na pobre Maria. Acho que se for homenzinho, vai ser um Pelé da bola.

A sempre fiel Porcina, morando em nossa casa, agia como se a criança à nascer fosse sua. Dava palpites, ficava indócil e se desesperava. Tínhamos, de vez em quando, de dispensa-la para encontrar-se com o namorado, para que o ambiente da casa ficasse um pouco mais sossegado. Normalmente dava certo, ela voltava mais tranquila. O bebê nasceu no tempo certo. Um menino. Três quilos e oitocentos de pura beleza. Todo amassado, mas, mais lindo não poderia ser. O nome foi escolhido por Maria: Roberto, o mesmo de seu pai. Ajudada por Porcina nos cuidados com o bebê, e com ela própria, Maria se recuperou lindamente e adquiriu a antiga forma física. Na época certa, vamos tentar arduamente, outro bebê. Deus nos ajude.

Porcina sempre foi um anjo da guarda desta casa, e agora que está prestes a casar-se, vou dar-lhe um presente que sei, vai adorar, pois quem casa quer casa. A fazenda que existia entre a nossa e a cidade é hoje um traçado de ruas e avenidas. Comprei um lote, e já está sendo construída uma bela casa para a Porcina. Vou entregar-lhe mobiliada. Ela não sabe, será uma surpresa de minha princesa e minha, para nossa amiga e ajudante, no dia de seu casamento. Temos que pagar com amor, aqueles que nos amam. O tempo passa e no aniversário de três anos de nosso Robertinho, com presentes e assopro de velas sobre o bolo, e a presença de vários amiguinhos, entre eles, Maria, a filhinha de Porcina, de pouco menos de um ano.

PARA SEMPRE, SAUDADE.

Quarto aniversário do Robertinho, uma festa com direito a filmagem em todos os momentos significantes, até a primeira tentativa de nosso pimpolho andar em sua primeira bicicleta. Maria do Rozário estava radiante, emanava felicidade e alegria por todos os poros. Eu amava aquela mulher. Achava eu, que a vida nos reservava ficarmos juntos e felizes até o final de nossas vidas, bem velhinhos e de mãozinhas dadas. Mas fatalidades sempre podem acontecer. Esta atingiu-nos em cheio. Mais ou menos três meses após a festa de aniversário, Maria começou a queixar-se de dores de cabeça que não diminuíam. Ela era bem estoica e se reclamasse de alguma coisa é porque realmente não estava bem. Remédios caseiros nada adiantaram. Fomos consultar médicos de nossa cidade que pediram, fossemos a procura de especialistas em São Paulo. Internada em um dos melhores hospitais, começou a bateria de exames, um, dois, três dias e chegaram a uma conclusão: câncer na cabeça. "Podemos fazer uma operação? " "Podem, mas pelo amor de Deus salvem minha princesa. " Fizeram. Abriram o crânio de Maria. Examinaram e não havia como fazer alguma coisa. Fecharam o crânio e sem nenhuma esperança, mandaram-na para a UTI. Cinco dias depois, em nossa cidade, foi o enterro de minha amada, ao lado de seus pais, no jazigo, uma cova, esta boca hiante que a todos nós vai engolir um dia. Eu simplesmente não podia acreditar no acontecido. Estava zonzo, foi como se houvessem acertado com um tacape no topo de minha cabeça. Nossa casa sem a presença de Maria chegava a ser assustadora. Eu queria uma coisa impossível: minha amada de volta. Estava vivendo como um zumbi, num sem vontade, num marasmo, numa modorra sem fim, Porcina sempre amiga e companheira, pegou seu marido e sua filha e mudou-se para nossa casa. Não queria ver o lar de sua patroa, a quem ela tanto tinha afeição, desmantelar-se por completo. Ela tentava, sem muito sucesso, consolar-me de minha tristeza. Passaram-se os dias, as semanas. Pelo terceiro mês o encanto e a alegria das duas crianças, o Robertinho e a Mariazinha da Porcina começaram a trazer-me para a realidade de que a vida continua. Mais triste, mas continua. Tinha que adaptar-me ou morrer. Acho que não sou covarde. Adaptei-me. Devagar, mas adaptei-me. O tempo, quase sempre, cura todas as feridas, mas, deixam, por vezes, profundas cicatrizes. Enquanto eu viver vou levar a mágoa de ter perdido minha princesa. As crianças crescem e têm que frequentar a escola. Primeiro foi o Roberto e depois a Mariazinha. Todas as manhãs, Jezuíno, marido da Porcina, colocava os meninos em nosso carro e os levava para a escola, e ao final das aulas trazia-os de volta.   Porcina agia como uma perfeita dona de casa. Mandava seu marido comprar todo o necessário para o abastecimento da casa, deixar os arredores limpo e bem cuidados, cuidar do carro e outros afazeres. Dentro de casa o seu reino, fazia tudo a perfeição e era bem rígida com as crianças que reconheciam seu poder de mando, e a obedeciam. Eu ficava descansado com seu desempenho e sempre, quando os negócios me chamavam, viajava mais ou menos tranquilo, sabendo que tudo iria correr bem.

Os anos passam. Com muitas viagens, sempre cuidando de negócios, observo em meu caderno de memórias, que o garimpo de Serra Pelada estava quase chegando ao seu início, tenho que falar, novamente, com meus dez companheiros adrede escolhidos, para partirmos para a grande aventura. Converso com Porcina e seu marido Jezuíno, e digo que vou demorar bastante nesta minha viagem, mas iria deixar fundos bem altos em sua conta no banco, para que nunca faltasse coisa alguma para eles e para os meninos. Que sempre que possível, mandaria notícias, e que também quereria receber notícias. E se por uma eventualidade maior, fosse necessária minha presença, eu largaria tudo e voltaria para casa. Partimos. Com bastante preocupação, mas, partimos.

OURO- SERRA PELADA

Final de mil novecentos e oitenta e um, consegui finalmente desligar-me por completo do inferno que é o garimpo do ouro. Convenci, ainda, alguns de meus companheiros a desistirem e voltarem com que haviam amealhado, o que seria o bastante para uma vida mais ou menos tranquila. Alguns ainda continuaram por lá, a febre do ouro havia tomado conta de suas almas.

Como idealizador e financiador da empreitada, fui o mais beneficiado na partilha. Éramos em número de onze e estávamos entre os trezentos primeiros a chegar e a tomar conta de um barranco. Homens que chegavam apenas com a cara e a coragem e que não tinham como sobreviver, podiam se quisessem, sob o comando de algum de meus companheiros, trabalhar conosco.

Ao final éramos muitos a trabalhar com um só objetivo: ouro. Era eu o encarregado de suprir as necessidades de todo o nosso grupo e como anteriormente combinado quarenta por cento de tudo que se achasse pertencer-me-ia. Minhas viagens a Marabá e mesmo a cidades mais distantes, eram constantes a procura de comida e materiais para garimpo.

Não demorou muito até a fama de Serra Pelada, explodir por todo o Brasil. Começou a chegar gente, e a chegar e chegar. Milhares, dezenas de milhares. Trabalhadores e aventureiros, gente de toda espécie. Aquilo estava se tornando muito perigoso. Assassinatos, tiros, roubos... Foi então proibido armas e mulheres no garimpo. Amenizou bastante a situação. As brigas eram muito frequentes, mas o nosso grupo unido sabia como se defender. Foi fundada, então, uma cidade satélite do garimpo. Aquilo se transformou num lugar onde todas as paixões eram permitidas. Trabalhadores que chafurdavam na lama iam gastar o seu dinheiro ganho a tão duras penas, em casas de prostituição, bebidas e por vezes, drogas. E como gastavam. Meus companheiros e eu íamos o menos possível a este antro de perdição. Viemos aqui para ganhar dinheiro, não para gasta-lo. Tivemos sorte, encontramos ouro, muito ouro. Vendíamos na Caixa Econômica e depositávamos na caderneta de cada participante do grupo para não haver reclamações posteriores. Encontramos quatro boas pepitas, e dei a meus companheiros a parte do dinheiro que lhes pertencia.

Naturalmente elas foram encontradas em dias diferentes e eu mandava fundi-las tornando-as barras de ouro. Estas barras de ouro, eu já lhes tinha traçado o destino. Nas poucas vezes que fui a minha cidade para dar um abraço em meu filho, levava uma barra e embrulhava-a no papel em que estava o ouro que eu havia gasto, deixando na gaveta porta objetos.

Dois meses antes de deixar o garimpo, matei um homem. O barraco de lona no qual acampávamos servia para guardarmos todas nossas tralhas, e também o ouro encontrado até irmos a Caixa, para vendê-lo. A lona do barraco tinha uma pequena janela de plástico transparente, mesmo assim a luz que entrava era pouca e quem chegasse do sol teria dificuldade de enxergar. Uma coisa que nunca ocorria, aconteceu, um de meus companheiros que deveria estar trabalhando adentrou o barraco e atrás dele um homem alto e espadaúdo e pude observar sua mão segurando um revólver apontado para as costas de meu amigo. O meu treinamento de karatê deve ter me ajudado. Eu estava ao lado da entrada quando entraram. Não titubeei um segundo, com um safanão na mão que segurava a arma fiz com que ela disparasse para cima, e com a outra mão na qual eu segurava um punhal, com toda a força, cravei no topo da cabeça do homem. O punhal atravessou todo o crânio e sua ponta apareceu na parte mole entre o queixo e o pomo de adão. O ladrão não deu um gemido, nada, som nenhum, apenas derreando devagar para o solo do barraco. Um raio de sol que adentrava pelo buraco feito pela bala incidia direto sobre a cara do pobre diabo. Meus companheiros, altas horas da noite, deixaram o cadáver embrulhado em uma lona preta, o mais longe possível de nossa moradia. Mais uma morte sem solução no garimpo. Meus companheiros fizeram pacto de silêncio, nunca contaram para ninguém e para consolar-me disseram que o ladrão mataria a meu companheiro e a mim se tivesse conseguido seus intentos, mas sinto uma angústia, me estremeço e meu coração dispara cada vez que penso no assunto. Um de meus homens que entalhava madeira com sua faca, deu-me como presente uma cruz com meu punhal encravado dentro. Era de pau ferro, disse ele, e daqui a mil anos a cruz ainda estará nova. O punhal era, já, em forma de cruz com uma argola na ponta do cabo de prata, e era agora a única parte a mostra. Para pendurar na parede, disse ele.   Desde   o horroroso acontecimento do barraco, fui me desinteressando pelo garimpo. Vim até aqui para garimpar ouro, não para matar pessoas. Estava amadurecendo em minha cabeça a vontade de ir para casa, afinal tudo que queria de Serra Pelada, já havia conseguido. As vagas lembranças me fizeram ser um dos pioneiros na procura do ouro, mas agora me sinto cansado, vou ser um dos primeiros a sair.

Os barrancos que pertenciam a nós, desistentes do garimpo, foram comprados pelos nossos companheiros que lá permaneceriam. Era um bom dinheiro que poderíamos levar para casa para quem ficou, melhor negócio ainda, pois era muito fácil arrumar quem quisesse trabalhar com eles. Todos nos despedimos e nos separamos na mais santa paz. Posso voltar para casa, abraçar as pessoas que amo, e descansar, dormir e sonhar bons sonhos, não pesadelos...

TOCANDO A VIDA...

Consegui colocar uma rotina em minha vida, que estava tão bagunçada. Quero uma vida normal, sem tanto desespero e correrias, seguindo as trilhas e caminhos, sem tanta procura. Fazer como os animais fazem: simplesmente viver.

Em meu quarto, dependurada na parede, acima de meu computador, a cruz de madeira, presente do garimpo, é minha companheira e também meu amuleto da sorte.

No corredor da casa, os meninos na escola e os outros habitantes em seus afazeres. Pego a chave e abro o cadeado e a porta do porão. Entro, ligo a luz, fecho a porta e desço a escada. Olho ao redor, tudo na mesma, a revista sobre computadores que eu havia deixado no chão, junto à ponta do banco, ali estava. A proibição de aqui entrar é seguida à risca. Sentado no banco, na penumbra de só uma lâmpada acesa, escuto o silêncio e penso que meu porão mais parece um templo. Tem até um sino, um enorme e achatado sino. Olho meio em desespero para minha máquina. Talvez eu nunca consiga concerta-la. A informática avança, mas está, ainda muito longe dos circuitos da máquina do tempo. De cócoras junto à campânula, abro a porta de acesso e entro. Entreabro a pequena gaveta e lá estão as quatro barras de ouro, por mim deixadas, e embrulhadas no mesmo papel em que estavam as barras anteriores. Meu Deus! Isto está se tornando um ritual. Todas as vezes que aqui venho, estou agindo sempre igual. Até na saudade que tenho de minha princesa, com a diferença de que esta é cada vez mais forte. E assim, vão passando os dias, os meses, os anos, com os meninos crescendo e deixando de ser meninos. O meu Roberto se inclina para ciências contábeis e a Maria da Porcina, quer ser professora Ótimo. São cursos que existem em nossa cidade e não precisam nos deixar para realizar os seus sonhos.

Sempre consultando meu caderno de memórias, (Que pretendo mostrar ao meu filho) vou tentar escapar de todas as armadilhas preparadas pelos novos governos, com seus mirabolantes planos econômicos e se possível ganhar algum dinheiro com eles. A fazenda de Mato Grosso está ficando linda. Vou sempre lá corrigindo alguma coisa que esteja mal. Ali passo muito de meu tempo. Amo aquelas vastidões. O Pantanal é bem pertinho e tenho alguns amigos, para irmos atrás de uma bela pescaria. Uma delícia, e um bom descanso para a cabeça. Mas, tenho de voltar, e sempre volto para casa. Será sempre o meu lar, formado junto com aminha princesa. Que Deus a tenha.

Os nossos filhos já passaram pela adolescência. O Roberto um belo rapaz e a Maria uma linda moça. Eles espalham viço e alegria por toda nossa casa. Roberto por vezes, traz uma colega de aula para almoçar ou jantar conosco. Pelo jeito que se olham, acho que se amam. Gosto muito da moça e se ela se tornar minha nora ficarei muito feliz. Quanto a Maria, disse ela que quando sua mãe Porcina se aposentar, continuará, enquanto puder, morando em nossa casa, trabalhando de manhã e saindo na parte da tarde para lecionar. Disse ainda que nunca vai querer perder o vínculo com nossa família, que considera sua. Ela é uma bela e corajosa criatura. Amo todos eles.

Eles se formaram. Muitas festas, Natal, Ano Novo, mais festas. Seis de janeiro, dia de Reis, antigamente dia, também, de festa para mim. Agora dia de tristeza. Saudades de minha Maria. Após sua formatura, Roberto enfronhou-se definitivamente nos negócios da família. Quer ser útil e merecer viver neste mundo. Sinto-me aliviado com sua disposição para o trabalho. Talvez com o tempo, eu possa descansar um pouco.

Dias, semanas, meses passam. Roberto casa-se com sua namorada. Uma linda festa, ao velho estilo, em nossa fazenda. Graças a Deus, agora temos chance de nossa família voltar a crescer. Vou adorar brincar com meus netos. Tomara que não demorem muito a chegar.

ROBERTO SILVEIRA

Já lá se vão quase vinte anos desde a morte de minha mãe. Lembro-me de suas feições porque vejo fotografias antigas e por uma filmagem em meu aniversário de quatro anos. Era eu uma criança muito pequena quando ocorreu esta fatalidade. O tempo apagou de minhas lembranças às coisas boas e o final ruim de sua vida. Apeguei-me então a outra mulher que também fazia parte do meu mundo. Eu nunca pensei na Porcina como uma empregada da casa. Sempre a julguei como se fosse uma segunda mãe, e mesmo depois de ter uma filha, eu era o irmão mais velho de sua menina, que se chamava Maria, o mesmo nome de minha mãe. Cresci livre em nossa enorme casa, onde existia apenas um tabu: era proibido entrar no porão, que estava sempre com a porta trancada e com cadeado. Eu obedeço meu pai em tudo, é um homem em quem sempre acreditei. É uma coisa estranha, ele parece adivinhar o futuro. Quando ele diz que vai acontecer alguma coisa, esta coisa acontece. Não tenho como duvidar dele, ou discutir com ele.

A nossa pequena cidade cresceu bastante. A fazenda situada entre a nossa e a cidade transformou-se em bairros que estão se enchendo de ruas e casas. Não demorará muito para termos de transformar um pedaço de nossas terras em cidade também. Pelo menos monetariamente valerá a pena, acho eu.

Fiz os cursos primário e secundário em escola pública. Não era o primeiro da classe, mas estava acima da média.

Durante esse tempo, meu pai viajava dezenas ou centenas de vezes, talvez, a procura de negócios e transações que tinha certeza, iria dar certo.

Lembro-me de uma de uma vez em que me contou de suas primeiras viagens para a Califórnia, onde fez investimentos na compra de ações em firmas que davam seus primeiros passos no Vale do Silício. Disse-me ele que com o passar do tempo essas ações valeriam uma fortuna, na minha meninice não entendi muito aquilo. Hoje vejo que foi um tremendo golpe de visão. Numa certa época comprou muitas ações da Petrobras, e pediu-me para lembra-lo para vendê-las assim que uma mulher tomasse posse como presidenta da república, pois os preços das ações iriam despencar. Com esta venda ganharíamos muito dinheiro, mesmo comprando o mesmo número de ações na baixa. Cuidava com carinho, também de nossa fazenda em Mato Grosso e de muitos outros negócios dos quais ele fazia parte.

Quando foi descoberto ouro em Serra Pelada, ele lá estava para conseguir o seu quinhão, e tenho certeza não foi pequeno. Foi uma época em que desaparecia, semanas, talvez meses fora de casa. Era um homem incansável, e parecia saber de tudo.

Após a formatura do curso secundário entrei para a Faculdade. De livre e espontânea vontade, Ciências Contábeis. Teria de estar à altura de assumir os negócios da família, caso necessário. Meu pai ficou imensamente feliz e disse-me que quando fizesse vinte e um anos iria fazer-me sócio de tudo o que possuía, em partes iguais. Procuraria, também, colocar-me a par de todos os seus negócios e transações. Como filho único teria de aprender a dividir responsabilidades, disse ele.

Estou, agora, quase terminando a faculdade e já posso com os conhecimentos adquiridos dar uma pequena ajuda ao meu pai. Por vezes diz que estou errado em alguma coisa, mas também me aplaude quando acha que estou certo.

Quando repartiu seus bens colocou uma ressalva de que eu poderia usufrui-los em pleno direito de uso ou fazer o que quisesse após completar trinta anos, quando terei adquirido mais experiência, ou em caso de seu desaparecimento ou morte. Fiquei admirado com o tamanho da fortuna que possuíamos, era enorme. Ele tinha um verdadeiro faro na procura de negócios rentáveis.

Uma coisa que deixou meu pai imensamente feliz foi quando lhe disse que tinha uma namorada séria, e que se ela quisesse casar-me-ia com ela após a nossa formatura. Estudávamos juntos no mesmo curso e no mesmo ano. Tenho a impressão de que ele amaria ter um netinho, ou uma netinha, ou ambos.

O tempo passou rápido. Chegou o fim de ano com a formatura de minha namorada e minha também. Como sempre, ficamos felizes e emocionados. Discursos, entrega de canudos, baile, com todos os formandos em clima de despedida após tantos anos juntos, tudo muito lindo. Uma fase de nossa vida que se terminava.

Durante seis meses trabalhei duro com meu pai, queria fazer parte de tudo que nos pertencia. Ele não se negou a nada e parecia muito feliz com meu interesse. Talvez já estivesse ficando cansado e precisando de uma mão amiga que o ajudasse. Disse-me ele que os nossos cafezais estavam se tornando velhos e que talvez não fosse uma boa coisa replanta-los, que uma usina de açúcar e álcool estava se oferecendo para plantar cana e que eu pensasse no assunto e se eu achar um bom negócio, que entrasse em negociação com os usineiros. Farei tudo o que puder para diminuir a carga que tem sobre os ombros, ele que sempre foi um grande pai para mim. Pedi também permissão para casar. Com um largo sorriso, disse que sim e que a lua de mel dele tinha sido em Poços de Caldas, mas que a minha seria na Cidade Luz, Paris. Já conhecia minha noiva há bastante tempo e se davam muito bem.

Nosso casamento foi uma grande festa. Com a regência de Maria e sua mãe Porcina, nossa casa engalanou-se para receber tantos convidados. Foi dia e noite linda e sem nuvens, e sob uma lua cheia e céu estrelado, houve um grande baile no terreirão de secar café. Meu pai era só sorriso. Há tempos não o via tão feliz.

Após o casamento, lua de mel junto ao Sena, ao Louvre, ao Arco do Triunfo, a Notre Dame e os cafés de Paris, e junto a todo um mundo de sonho. Foi lindo.

Depois das coisas agradáveis, voltamos para a realidade. Vou ajudar meu pai no que puder, ele merece que eu me empenhe e me sacrifique por ele. Para deixa-lo mais feliz, só fica faltando, uma coisa: um neto. Minha mulher e eu tentamos e tentaremos isto todo o santo dia. Ele virá.

UM ESTRANHO FINAL SEM FIM

Estou me sentindo estranhamente fraco já a alguns dias. Espero que nada de pior me aconteça agora que fiquei sabendo que vou ser avô. Minha nora está grávida e meu filho está radiante de felicidade. Nossa família vai continuar, graças a Deus. Não sou tão velho assim; espero ver meu neto crescer e conhecer, talvez, bisnetos e bisnetas. O tempo dirá...

Passam-se duas, três semanas e minha fraqueza e angústia aumentam. Os médicos me examinam da cabeça aos pés. Nada foi encontrado. Começo a pensar se fui infectado por algum vírus estranho, quando estive na Amazônia. Um vírus não detectável e ainda desconhecido. Passam-se as semanas, a fraqueza continua aumentando, principalmente nas minhas pernas e braços: parecem feitos de borracha. Minha língua não obedece aos comandos de meu cérebro e as palavras saem quase ininteligíveis, engroladas. A posição mais confortável é quando estou deitado e minhas pernas vindas automaticamente para a posição fetal. Nesta posição me sinto bem relaxado.

Minha cabeça funciona a mil. Começo a recordar as coisas já apagadas pelo tempo. Apesar de quase não poder mais me movimentar, sinto-me cheio de vida.

Sou internado no Hospital; dinheiro para custear qualquer tratamento não será problema, tenho para isto e muito mais. Os médicos vasculham meu corpo por dentro e por fora; examinam para ver se algum tipo de metal, mercúrio, talvez, deixou algum resíduo em meu organismo. Nada. Tudo limpo. O tempo passa. Não consigo mais falar, meus movimentos são poucos e involuntários, sempre na posição fetal.

Meu Deus! Estará o Senhor castigando-me por eu ter sido politicamente incorreto e aproveitar-me das coisas que já sabia para ficar rico? Mas, meu Senhor, eu sou brasileiro, eu não sou norueguês, se o fosse, aí sim seria digno de castigo. Eles nunca fazem nada errado. Conto com sua clemência, meu Deus.

A única coisa que ainda funciona bem é meu cérebro. Penso tão claramente como nunca pensei! Após minha chegada no passado, quando fiz minha viagem no tempo, minha memória ficou embaçada, como se eu estivesse dentro de um nevoeiro. Minhas memórias são nítidas após a minha chegada, e agora, aqui deitado nesta cama de hospital, impossibilitado de me comunicar com qualquer pessoa, voltam a pleno as minhas lembranças desde a mais tenra idade, até entrar na máquina do tempo e fazer a viagem para o passado. Este tempo era meio enevoado na minha cabeça. Vejo tudo claramente, agora.

Começo a entender o que se passa comigo, é tudo tão assustador, mas, é a mais pura realidade. Estou aqui deitado nesta cama e ao mesmo tempo dentro da barriga de minha nora, esperando meu tempo de nascer.

Observando meu filho e minha nora, que está com a barriga enorme, percebo pelos seus cochichos que está faltando uma semana para o bebê nascer. Acham eles que nada compreendo do que falam, mas compreendo tudo. Preocupo-me com que acontecerá comigo, já que minha memória diz que desapareço quando nasce a criança. Acho que a mente humana não pode ocupar dois corpos ao mesmo tempo; por isso desapareço. Mas como ocorrerá isso? Sairá meu corpo vazio de qualquer pensamento, caminhando porta afora, sem destino e sem que ninguém perceba? Ou vou sumir numa nuvem de fumaça? Sou mais partidário da segunda hipótese já que estou muito fraco para me movimentar.

Tenho uma semana ou menos para pôr a minha vida em pratos limpos. Sei que vou nascer, crescer, achar a máquina no porão, voltar ao passado, viver toda vida que já vivi e chegar até aqui nesta cama de hospital remoendo meus pensamentos. Estou prisioneiro em um buraco do tempo que vai se repetir e repetir. Vou nascer, crescer e achar a máquina do tempo, viver a vida que vivi até chegar aqui nesta cama de hospital! Vezes sem fim, até o final dos tempos, quando tudo o que existe desaparecer daqui a bilhões, trilhões de anos, engolidos por um tremendo buraco negro, que agrupará em si os buracos negros de todas as galáxias e toda esta energia se agrupando em um ponto do tamanho da cabeça de um alfinete, pronta a se expandir, novamente, formando um novo universo, ou não novo, mas, se repetindo incontáveis números de vezes, sem nunca mudar.

Outra coisa que me intriga é, quem diabos, inventaram a máquina do tempo e a colocou aqui? Por mais que pense a respeito, não consigo decifrar este mistério. Eu apenas troquei alguns circuitos queimados, eu não a inventei. Faço um esforço para livrar-me destes pensamentos, pois eles não vão me levar a nada; o que não tem remédio, remediado está, deixa pra lá.

Volto minha atenção para outras coisas, que me atormentam muito mais.

Meu filho tinha minha mulher como mãe, os pais dela como

avós e continuando para o passado, bisavós e assim por diante; tudo na mais absoluta normalidade; mas e para o meu lado? Neste momento meus pensamentos foram sumindo e um sono irresistível se apodera de mim...

Durmo.

Acordo e consigo ver outra cama com minha nora deitada, repousando com sua enorme barriga para cima e meu filho sentado aos pés da cama conversando com ela. Pela conversa deles fico sabendo que o hospital está lotado e por isso puseram outra cama no meu quarto pois só falta um ou dois dias para a criança nascer e ela quer ficar o mais sossegada possível até o bebê vir ao mundo. Meu Deus! Um ou dois dias, este é meu tempo de vida neste corpo magro, céreo e quase transparente.

Volto meus pensamentos para o momento antes de dormir. Meu filho tinha pelo lado de minha mulher uma ascendência completa. E pelo meu lado? Fico estarrecido com as conclusões a que chego: MEU FILHO É, AO MESMO TEMPO, MEU FILHO E MEU PAI. EU NESTE CORPO, JÁ DE MEIA IDADE, SOU Avô DA CRIANÇA QUE VAI NASCER E AO MESMO TEMPO SOU ESTA CRIANÇA. SOU, PORTANTO, AVÔ E NETO DE MIM MESMO. E CHEGO A MAIS OUTRAS ESTARRECEDORAS CONCLUSÕES DE PARENTESCO.

Observando minha nora chamar a atenção de meu filho para o bebê dentro dela se mexendo e dando pontapés, talvez. Noto as minhas pernas aqui fora, também se movimentando é muito estranho.

Quando nascer a criança, ela terá um cérebro completamente novo e virgem, livre das memórias desta cabeça já meio grisalha que está prestes a desaparecer.

Não estou muito assustado porque talvez vá sumir numa nuvem de fumaça. Vejo-me dentro daquela enorme barriga nascendo para viver tudo o que já vivi: sempre se repetindo até o final dos tempos...

Minha nora, ao lado completamente indócil toca a campainha, pedindo ajuda. Chegam com uma maca e levam-na para a sala de parto.

Fico sozinho neste quarto em que morei por tanto tempo. Este corpo habitado por mim dezenas de anos será esvaziado. Parto para uma nova morada: o corpo de um bebê. As coisas que penso estão erráticas na minha cabeça. Adeus. Acho que vou nascer.

FIM... NÃO, ESTA HISTÓRIA NÃO TEM FIM PORQUE COMEÇO TODA MINHA VIDA NOVAMENTE.
FOR EVER...
Mil novecentos e noventa e seis foi o ano em que nasci. Fui uma criança normal, como a maioria das outras crianças; um pouco mais esperta, talvez,
Passa o tempo...
Estamos no ano de dois mil e cinco, meu nome é João Antônio Silveira, o mesmo nome de meu avô, que, aliás, nunca conheci...
SE QUIZER DESVENDAR O FINAL DA HISTORIA LEIA ESTE CONTO DE NOVO E DE NOVO... E DE NOVO.... Talvez, assim, quando se passar um trilhão de anos ou mais, você vá conseguir chegar ao final.... Ou não.

THE END.

O ÚLTIMO VOO DO PP-ANV

Pingapinga do Nordeste em direção a Brasília. Penúltimo pouso será em Barreiras. Abandonando nosso nível de cruzeiro. Fizemos nossos cálculos para chegarmos à altura do tráfego junto ao aeroporto. Razão de descida 500 pés por minuto, para não doer nossos ouvidos e dos passageiros. O DC-3 não é pressurizado e uma razão maior, ou uma pessoa gripada vai sofrer, com certeza, com o aumento da pressão atmosférica. Ao longe avistamos a cidade cortada por um rio em um amplo vale. A pista para pouso é no alto da serra quase a beira das escarpas que descem íngremes de um chapadão virgem e inculto que se perde na distância. Os edifícios do aeroporto e todo aeroporto foram construídos pelos americanos, acho que para uso de seus aviões.

O pouso foi feito pelo co-piloto, que não assustou ninguém. Foi até uma linda aterrisagem. Palmas para ele; está se tornando um bom piloto.

Caminho para o aeroporto. Preciso esticar as pernas um pouco. Converso com o despachante e observo os passageiros. Serão num total de vinte e sete a bordo. Nenhuma criança ou idoso. Vou poder subir a um nível bem alto para Brasília. Eles ficarão um tanto sonolentos pela rarefação do ar e menos oxigênio, mas, nada que lhes vá fazer algum mal, pelo contrário, no nível 120 (Três mil e seiscentos metros) o ar estará calmo e mais frio e o vôo será bem sereno até Brasília. Duração entre decolagem e pouso mais ou menos uma hora e vinte minutos.

Este DC-3, prefixo PP-ANV, deve ter sido de alguma companhia engolida pela nossa, pois   todos os seus aviões começam com o prefixo V, e este começa com A.

Com o plano de vôo aprovado pelo Centro Brasília, por solicitação de nosso radio telegrafista, decolamos de Barreiras.

Nossa subida é lenta até atingirmos FL 120 Enquanto isto eu admiro a paisagem. Estamos saindo do chapadão da serra e adentrando umas baixadas fervilhando de tantas árvores. Quase ao final do chapadão um rio some entre as montanhas e reaparecendo muitos quilômetros depois deve formar uma gruta enorme.

Atingimos o nível de cruzeiro e o comissário chega com um cafezinho para nos manter bem acordados. Poucos passageiros quiseram alguma coisa, com o ar frio e o vôo tão sereno estão quase todos descansando, disse ele. Fica remanchando um pouco mais em nossa cabine e depois sai para cuidar de seus passageiros.

Passados uns poucos minutos chegamos à metade da etapa, e exatamente neste ponto o motor esquerdo (meu lado), começou a pipocar com uns estouros que chegavam a balançar o avião. Olho pela janela da cabine de pilotagem e vejo o motor coberto de óleo. De imediato executo o procedimento de perda do motor: Mistura... Passo... Potência, identificar motor em pane, reduzir e embandeirar, desligar bomba elétrica e selecionar a bomba hidráulica.

Explicações: O DC-3 tem dois manetes para a mistura ar combustível, um para cada motor, e tem regulagem para mistura rica que é para decolagem e emergências e mistura pobre que é para vôo de cruzeiro(gasta menos combustível).

Passo: As pás das hélices não são fixas, elas têm ângulo variável. Na decolagem são 2700 RPM, em vôo de cruzeiro são 2050 RPM, e máxima contínua 2450 RPM. São reguladas por dois manetes.

Potência: Dois manetes que são os aceleradores dos motores. Suas graduações são em polegadas, decolagem é de 47 polegadas, máxima contínua 41 polegadas, e vôo de cruzeiro 30 polegadas.

Identificar o motor e reduzir o motor em pane: A tração do motor caiu bruscamente, e a tendência é a aeronave baixar a asa deste lado, e iniciar uma curva e para manter o avião na reta e na horizontal, o piloto tem de acionar o pedal do leme de direção para o lado contrário (ele é comandado por dois pedais, um comanda para a esquerda e outro para a direita), assim a identificação é fácil: pé vivo igual motor vivo. É o motor que funciona. Este tipo de identificação é importante porque, por exemplo, numa decolagem e uma baixa velocidade a reação do piloto tem de ser de imediata e automática, ele não terá tempo e oportunidade de ficar olhando para fora e ver qual motor está em pane e não pode deixar a hélice parar em ângulo de grande arrasto. Reduzir significa tirar toda aceleração do motor em pane.

Embandeirar: Como já foi dito a hélice tem ângulos moveis e se o motor parar de uma maneira em que ela ocasione muita resistência o avião não voará bem, ou dependendo da situação não voará. Temos, portanto, de pará-la de maneira que haja o mínimo de resistência possível. É como se você usasse uma faca para cortar o vento, se usar de prancha haverá resistência, mas se usar de fio a resistência será mínima. Temos, portanto, um botão vermelho que uma vez apertado levará a hélice para a posição bandeira (mínimo arrasto).

Terminadas as explicações mais importantes, talvez, para muitos, desnecessárias. Voltamos ao problema que temos que é voar com um motor parado. A primeira coisa a fazer é tentar fazer a aeronave voar o mais normal possível. Colocamos em máximo contínuo e reduzimos para 2300 RPM. A velocidade de cruzeiro que era de 270 quilômetros por hora e vai caindo gradativamente para 200 que é velocidade ideal para voar monomotor. Faço uma compensação com os estabilizadores de leme de direção e elerons, e deixo de fazer força com a perna para manter o avião na reta e horizontal. A pilotagem agora é mais fácil e sem esforço.

Em tempo: O DC3 não tem piloto automático, alguém tem que estar sempre pilotando, e em cruzeiro o comandante explora muito o co-piloto. Coitado. Mas agora numa situação de emergência cuida mais da comunicação e outras coisas que lhes forem pedidas, ajudando no que for necessário. O radio telegrafista de bordo já passou suas mensagens alarmistas a Deus e ao mundo. Sem que eu peça, entregou-me os boletins meteorológicos de toda região. Tudo limpo, céu de brigadeiro.

Com o avião estabilizado o melhor possível, começamos a perder altitude lentamente, ele não foi feito para voar com um só motor na que estávamos. Tomara que pare de descer antes de chegarmos a terra. O Centro de Brasília avisou-nos por intermédio de nosso telegrafista de que poderíamos continuar na rota cortando vários outros níveis de cruzeiro em nossa descida, pois não tinham conhecimento de avião algum em nossa aerovia.

Pilotos de vôo visual e monomotores estão sempre olhando a terra a procura de um lugar menos pior para pousar em caso de pane. Lá de cima segui mais ou menos uma estrada de terra que ia em direção a Formosa que é quase a mesma de Brasília. Caso necessário, seria o único lugar para um pouso de emergência.

O comissário tinha vindo várias vezes a nossa cabine, mas observando a azáfama, voltava ao seu reino, mas desta vez, vendo a calma reinante, trouxe-nos um bem-vindo cafezinho.

Pergunto pelos passageiros. Disse-me ele que estavam bem, mas terrificados vendo pela janela aquela hélice parada e só o outro motor funcionando, e mais angustiados, ainda, quando perceberam que o avião lentamente perdia altura, e que havia um padre sentado à janela, bem ao lado do motor em pane, e que com os olhos meio arregalados mexia a boca numa prece contínua, fazendo desfilar entre os dedos as contas de seu rosário. Ainda bem que temos um padre rezando por nos, pois ele está próximo a Deus e se Ele vai atender a alguém, será a este homem santo.

Na verdade, não estou nem um pouco apavorado, já tive mais de vinte monomotores e, muitas vezes, em piores condições e não vai ser este que vai derrubar o meu avião.

Não descuido nunca da temperatura do motor bom que está um

pouco alta, mas, é perfeitamente normal pela potência maior que estamos usando.

Ao longe, um pouco a esquerda, consigo enxergar a cidade de Formosa e consigo também entrar em contato na frequência de VHF, com o Centro Brasília que nos auxilia em tudo o que for possível.

A razão de descida de nosso avião está quase zerada. Não vai demorar muito não vamos perder um pé a mais em nossa altitude. Os morros desta região são altos, mas, conseguiremos nos manter pelo menos uns cento e cinquenta, duzentos metros acima de seu topo.

Neste céu limpo "Claro Nil", olhando bem longe no horizonte tenho um vislumbre de Brasília que ainda é uma cidade em construção. É a nossa capital há apenas sete anos. Estamos a cem quilômetros de nosso destino e o Centro nos passa ao Controle de Aproximação que já sabendo de nossa situação nos espera, até com os bombeiros a postos, caso sejam necessários. Solicito ajuste do altímetro e a pista em uso. Com o vento calmo, a pista é a minha escolha. Peço um pouso direto. À hora de minha chegada todo aeroporto estará a minha disposição. Não haverá pouso ou decolagens.

O nosso DC3 continua, ainda, descendo, mas numa razão tão pequena que não vai interferir em nada na nossa aproximação. Mas, faltam ainda alguns minutos até entrarmos numa final bem longa. Faço a checagem de todos os itens antes do pouso. Passamos para a frequência da Torre de Controle. Vou baixar o trem de pouso apenas na final e quando houver certeza absoluta de que mesmo com a perda do outro motor conseguiremos chegar à pista.

Para um DC3 a pista de Brasília é enorme, daria para pousar, decolar e pousar de novo. E é de asfalto, uma delícia para quem é acostumado a pistas curtas e de terra.

Estamos na final e é só esperar um pouco mais. Trem de pouso embaixo e travado. Toda potência reduzida. Avião descompensado para o pouso com os estabilizadores em zero. Para diminuir bem a velocidade, todo o flap. Consigo com que a aeronave deslize suave sobre a pista. Deixo o avião correr a vontade, pois, temos que sair lá adiante na interseção para o pátio de estacionamento. Os bombeiros cumprem o seu papel e mesmo com um pouso normal vêm em disparada com as luzes acesas e as sirenes a mil. O oficial que guia os aviões no pátio deixou-nos bem longe. Os passageiros teriam uma boa caminhada até o aeroporto. Da janela de minha cabine vejo-os alegres e felizes, quase em festa. Terão o que contar aos parentes e amigos as grandes agruras e desventuras pelas quais passaram. Vejo, também, o padre em passo ligeiro, agora só sorriso, de vez em quando uma olhadinha para o céu em agradecimento, e fazendo ainda desfilar seu rosário entre os dedos. Obrigado pela ajuda seu padre! Valeu!

Os bombeiros já se retiraram ao seu ninho e nos os quatro tripulantes, cada um com sua malinha azul na mão, vamos caminhando até o aeroporto. Por nós, passa um trator arrastando um carrinho com as malas dos passageiros. Pouco antes de chegarmos, ouvimos ao longe a sirene dos bombeiros, seria outro avião em emergência? Cheios de curiosidade olhamos para traz. Não, não era outro avião, era o nosso PP-ANV envolto em chamas. Os soldados do fogo apressaram o que podiam apressar. O heróico combate às chamas foi uma questão de minutos. O fogo foi completamente abafado. Sumiu. Mas o avião estava lá, meio retorcido.

No aeroporto, dentro do Despacho, espero explicações do ocorrido. Quinze minutos depois chega um mecânico. O que aconteceu foi o seguinte: Apos o avião ser dado como livre para a manutenção, foram verificar o acontecido com o motor. Abriram a carenagem debaixo do mesmo e drenaram o óleo que caiu em uma vasilha fazendo barulho de peças quebradas. Levaram esta espécie de gamela até o dreno de gasolina do tanque do avião e abriram a pequena válvula que permite a saída do combustível. Com as peças quebradas limpas poderiam saber o acontecido. (A existência deste dreno é porque a água sendo mais pesada que a gasolina se deposita em uma espécie de panela onde ele está localizado. Pode haver esta água pela condensação, pelas diferenças de umidade e temperatura dentro do tanque). Pois bem, quando abriram o dreno ao invés de gasolina saiu água e dentro da gamela com as peças quebradas existia uma válvula, que estava despedaçada. Esta válvula possui sódio metálico em seu interior, para refrigeração e o mesmo em contato com a água explodiu. O mecânico largou tudo e deu um pulo atrás. O dreno aberto estava, agora, largando gasolina em grande quantidade em cima do fogo. Por sorte não houve explosão. Até a chegada dos bombeiros, o fogo havia torrado a metade do avião. Era uma vez o PP-ANV.

Sabido os motivos do fogaréu só nos resta pegar na companhia nossas diárias de almoço e jantar, mais a requisição de hospedagem e irmos numa condução de tripulantes para o hotel e depois de um bom banho, nos os quatro tripulantes nos encontrando no restaurante, e eu pedindo um belo filé a cavalo bem passado com arroz e fritas e uma cervejinha para relaxar e ouvindo as estórias do comissário tagarela, sobre os terrores, os sustos e os medos dos passageiros e acho eu, dele próprio em sua primeira grande aventura como tripulante.

Quanto ao nosso DC3 PP-ANV, se sobrou alguma coisa aproveitável deve ter sido canibalizado para uso em outros aviões. As coisas inaproveitáveis para o ferro velho e o alumínio da fuselagem, ainda aproveitável deve estar fazendo parte de muita panela por aí.

Uma triste, uma triste sina! Que tristeza!

THE END